소년,
아란타로
가다

소년, 아란타로 가다

설흔 지음

생각과느낌

이 책의 원래 제목은 『도해기渡海記』입니다. 『도해기』란 말 그대로 바다를 건넌 기록이라는 뜻이지요. 이 책이 쓰인 때는 1767년, 그러니까 지금으로부터 거의 250년 전인 셈이지요. 나는 이 책을 지금으로부터 2년 전, 부산 광복동의 허름한 고서점에서 우연히 발견했습니다. 오래 전부터 조선 통신사에 대해 관심을 가지고 있던 터라 낡아 빠진 이 책을 손에 든 순간 내 가슴은 쿵덕쿵덕 뛰었습니다. 그러나 그런 내 모습을 유심히 지켜보던 주인은 무심한 한마디로 내 가슴에 찬물을 끼얹었습니다.

　"그거 가짜야, 가짜."

　이상한 주인이 아닐 수 없었습니다. 상인들은 보통 가짜도 진짜라고 우기는 법입니다. 그런데 이 아저씨는 내가 입도 뻥긋하지 않았는데 스스로 가짜임을 인정한 것입니다. 덕분에 김이 새기는 했지만 주인의 이례적인 고백도 이 책에 대한 내 호기심을 억누르지는 못했습니다. 잠깐 읽어 본 앞머리에 따르면 이 책을 쓴 사람은 그 당시 18세에 지나지 않았던 소년이었습니다. 우리 조상들의 철저한 기록 정신 덕분에 통신사 사행에 대한 기록은 제법 많이 남아 있습니다. 그러나 내가 알기로 18세 소년이 남긴 기록은 없었습니다. 나는 다시 한 번 책을 살펴보았습니다. 주인은 가짜라고 단정을 지었지만 그렇게 받아들이기에는 고개를 갸웃거리게 만드는 부분들이 있었습니다. 책에 등장하는 조엄, 이언진, 성대중 같은 이들은 실제로 1763년, 조선 통신사로 일본에 다녀왔던 사람들입니다. 각 장의 초입에 인용된 성대중의 글도 일본에 다녀온 뒤 성대중이 남긴 기록과 일치했습니다. 내가 계속 책을 붙들고 있자 주인이 한마디를 더 보태더군요.

"가짜라는데도 관심이 많군 그래. 그런 사람에게는 가짜도 진짜가 되는 법이지."

이건 또 무슨 말입니까? 내가 돌아보자 주인은 눈을 감아 버리더군요. 무언가가 있다는 생각이 들었습니다. 주인에게 값을 물었지요. 아니나 다를까, 주인은 꽤 높은 값을 불렀습니다. 조금 깎아 보려고 했지만 주인은 고개만 저을 뿐이었습니다. 고민이 되었습니다. 나같이 어수룩한 사람으로서는 주인의 머릿속에 무슨 생각이 들었는지 도무지 짐작할 수 없었습니다. 책을 들었다 놓기를 서너 번 반복했습니다. 그러다가 결심을 했지요. 한번 읽어 보기로요. 다행히도 주인이 부른 값은 내가 치르지 못할 정도는 아니었습니다. 돈을 내고 나가려는데 주인이 이렇게 말하더군요.

"역시 책에는 제 주인이 있는 법이로군."

집에 돌아온 나는 책을 펼치고 본격적으로 읽기 시작했습니다. 소년이 앞머리에서 고백하듯 소년의 글솜씨는 대단하지 않았습니다. 한자를 틀리게 적은 곳도 있었고, 문장 훈련이 덜 되었는지 문맥이 애매한 경우도 많았습니다. 그럼에도 나는 책을 한 번도 손에서 놓지 않고 끝까지 읽었습니다. 다 읽고 난 뒤에는 깊은 한숨마저 토해 냈지요. 왜 그랬느냐고요? 250년 전을 살았던 소년의 마음이 너무도 생생하고 간절하게 다가왔기 때문입니다. 앞으로 읽을 분들을 위해 더 자세히 말씀드리지는 않겠지만 소년이 쓴 이 책은 단순히 조선 통신사의 여정을 기록한 책이 아니었던 것입니다. 이 책에는 소년의 한숨과 눈물과 꿈, 그리고 목숨을 건 결단이 담겨 있었습니다.

이 책을 쓴 소년의 이름은 최청유崔靑柔입니다. 책을 다 읽은 뒤 나는 1763년 조선 통신사로 일본에 다녀왔던 사람들의 명단을 찾아보았습니다. 시중들고 춤추던 아이들의 이름까지도 똑똑히 나와 있었지만 안타깝게도 소년의 이름은 발견할 수 없었습니다. 그렇다면 주인의 말대로 이 책은 가짜인 것일까요? 그러나 이상하게도 나는 이 책이 진짜일지도 모른다는 생각을 버릴 수가 없었습니다. 설명하기는 어렵지만 왠지 그런 느낌이 들었지요.

그로부터 2년 동안 나는 이 책을 번역하는 일을 했습니다. 길지 않은 책이었지만 생계에 붙들려 있던 처지라 좀처럼 일에 몰두할 시간을 찾지 못하는 바람에 2년이나 붙들고 있다가 얼마 전에야 끝을 냈지요. 그간의 작업에 한 획을 긋는 의미로 조선 통신사에 대한 해설까지 달아 마무리를 했습니다.

이제 이 책을 세상에 내놓으며 스스로에게 다시 한 번 물어봅니다. 이 책은 과연 진짜일까, 가짜일까? 저는 결론을 내리지 못하겠습니다. 읽어 보시고 여러분의 의견을 말씀해 주시면 제가 판단하는 데 큰 도움이 되겠습니다. 그나저나 이 책과 인연을 맺게 한 고서점 주인, 그 아저씨는 아직도 알 듯 모를 듯한 말을 내뱉으며 손님들을 헷갈리게 하고 계실까요?

2008년 여름을 맞으며

설흔

차례

내가 아란타로 가려는 이유

성인의 뒤를 따르지 말아야
훗날 진정한 성인이 된다.

– 이언진의 「동호거실」 중에서

이언진이 죽었습니다. 그는 형이었고 아버지였습니다. 나는 그에게서 새침데기 여자애처럼 입술을 꼭 다문 세상의 진짜 마음을 읽는 요령과 쇠기둥처럼 단단한 문을 부수는 방법을 배웠습니다. 그는 아버지처럼 따뜻하고 엄격했고, 형처럼 살갑고 친밀했습니다. 부모님에게는 미안한 일이지만 감히 이렇게 말하렵니다. 이언진은 나의 유일한 가족이었다고, 그 말고 내가 가족이라 부를 사람은 조선 땅에는 없다고.

이언진이 죽었습니다. 가족을 잃은 나는 다시 외톨이가 되었습니다. 그를 잃은 뒤 사계절이 한 번씩 두 눈을 부라리며 나타나 내 등짝을 때렸습니다. 나는 아픈 줄도 몰랐습니다. 그뿐이 아닙니다. 멀쩡히 살아 있었지만 그 시절 세상에 무슨 일이 일어났는지 하나도 기억하지 못합니다. 그러나 그런 이상한 고통과 망각 속에서도 그가 죽던 날의 풍경은 마치 어제 일처럼 아직도 내 가슴에 생생하게 새겨져 있습니다.

멀리서 도성 문이 닫히는 것을 알리는 종소리가 들렸습니다. 이언진은 마지막 종소리의 여운이 채 사라지기도 전에 비틀거리며 일어났습니다. 내가 도우려고 하자 고개를 저었습니다. 몸이 아파도 고집만은 여전했지요. 그는 떨리는 손으로 문을 열고 나가더니 상투와 동곳(상투를 튼 뒤에 그것이 풀어지지 않도록 꽂는 물건) 따위를 들고 들어왔습니다. 이언진은 참빗으로 내 머리를 공들여 빗긴 뒤에 머리털을 끌어 올려 정수리 부분에서 휘감았습니다. 옥빛 동곳으로 고정을 시킨 뒤 망건을 씌웠습니다. 머리가 조여 아팠지만 참아야 합니다. 정식으로 어른이 되는 순간이니까요. 어른은 고통을 견디는 법을 아는 사람입니다.

"다 되었다. 보기에 좋구나."

"고맙습니다."

"고맙기는……."

이언진은 숨을 거칠게 내쉬었습니다. 나는 그를 부축해 자리에 눕혔습니다. 힘이 들었는지 이번에는 내 도움을 거절하지 않았습니다. 그가 나직한 목소리로 말했습니다.

"우스운 꼴을 보여서 미안하구나."

"아닙니다."

"청유야, 네게 부탁할 것이 있다."

"뭐든지 말씀만 하세요. 다 들어드릴 것이니까."

내 말을 들은 이언진은 나팔꽃처럼 활짝 웃었습니다. 비록 웃으라고 한 이야기는 아니었지만 오래간만에 그가 웃는 걸 보니 기분은 좋았습니다.

"청유야, 정말 고맙다."

"고맙긴요. 나리는 제 목숨도 구해주셨는데요, 뭐. 그런데 부탁할 것은 무엇인가요?"

"저기 있는 책과 종이 들을 좀 가져다주겠니?"

이언진의 가는 손가락이 가리키는 곳에는 책장이 있었습니다. 수십 권의 책들과 두툼한 종이 뭉치들이 칸칸을 빼곡히 채웠지요. 나는 부지런히 몸을 움직여 그것들을 옮겼습니다. 그는 힘들게 몸을 일으키더니 책들 중 한 권을 펼쳐 보았습니다.

"허허, 내가 어릴 적에 베껴 쓴 『논어』로구나. 이 삐뚤빼뚤한 글씨 좀 보거라."

고개를 내밀고 그가 건넨 『논어』를 보았습니다. 그의 말은 거짓이었습니다. 그의 글은 삐뚤빼뚤하기는커녕 솜씨 좋은 장인이 만든 목활자로 찍어 낸 것처럼 반듯반듯했습니다.

"그게 삐뚤빼뚤한 거면 제 글씨는 뭡니까? 뱀 새끼가 기어가도 제 글씨보다는 낫겠습니다."

"꾸준히 쓰면 언젠가는 잘 쓸 수 있단다. 허허, 이것 좀 봐라. 『천자문』이로구나."

책들을 한 권 한 권 훑어본 이언진은 이번에는 조심스럽게 종이 뭉치를 들었습니다. 그가 썼던 시문들이었습니다. 그는 시문을 하나하나 꼼꼼히 살폈습니다. 혼자서 고개를 끄덕이다 갑자기 소리 내 읽기도 하고, 허공을 바라보며 한숨짓다가 문득 나를 보며 시문의 내용을 설명하기도 했습니다. 보기 드물게 활기찬 그의 모습에 나는 살짝 마음을 놓았습니다. 그러나 기쁨도 잠시였습니다. 그의 얼굴이 심하게 일그러졌습니다. 가슴을 움켜쥐더니 입을 크게 벌리고 숨을 가쁘게 내쉬었습니다.

"나리, 괜찮으세요?"

"그래, 괜찮다."

말로는 괜찮다고 했으나 정말로 괜찮은 것 같지는 않았습니다. 웃으려고 애를 쓰고 있었지만 이마에서는 식은땀이 쉴 새 없이 흘렀습니다. 그래도 그는 시문을 놓지 않았습니다. 내가 건넨 수건으로 땀을 닦은 뒤 아직 살피지 못한 시문들을 마저 보았습니다. 잠시 후 시문을 덮는가 싶더니 뜻밖의 말이 나왔습니다.

"책과 시문을 마당에 옮겨 놓아라."

"네?"

"책과 시문을 마당에 옮겨 놓으라고 했다."

"마당에는 왜요?"

"내가 시키는 대로 해라."

나는 이언진의 눈빛을 살폈습니다. 간신히 몸을 지탱하고 있는 중에도 그의 눈빛은 흔들리지 않았지요. 그의 옹고집을 아는 나는 더 이상 묻지 않고 그의 명령대로 했습니다.

"다 옮겼습니다."

내 말을 듣고도 이언진은 아무 말도 하지 않았습니다. 이상했습니다. 그의 눈은 마당을 보고 있었지만 그의 마음은 다른 곳에 있었습니다. 불안해진 나는 목소리를 높였습니다.

"다 옮겼습니다. 이제 뭘 할까요?"

이언진이 다시 나를 보았습니다. 그는 방바닥을 더듬더니 무엇인가를 내게 던졌습니다. 불을 붙이는 데 쓰는 부시쌈지(부시, 부싯깃, 부싯돌 따위를 넣어서 주머니 속에 넣어 가지고 다니는 작은 쌈지)였습니다. 고개가 절로 갸웃거려졌습니다. 도대체 그는 무엇을 하려는 걸까요?

"불을 피워라."

"예?"

"불을 피우라고 하지 않았느냐? 모두 다 태워 없앨 것이다."

한달음에 그의 앞으로 갔습니다. 그의 얼굴은 땀으로 흠뻑 젖어 있었습니다. 가슴을 찌르는 통증을 참기 어려운 듯 가끔씩 얼굴을 찡그리기도 했고요.

"저 아까운 것들을 왜 태우려 하십니까?"

"청유야, 이 나라에 저것들을 이해할 사람은 없다. 그러니 태울 수밖에. 쓰레기를 버리지 않고 쌓아 두면 냄새만 풍기는 법이다."

"나리! 무슨 말씀이십니까? 문이 닫혀 있으면 부수고라도 들어가겠다면서요? 그런데 이렇듯 쉽게 포기하시는 겁니까?"

"부서지지 않는 문도 있는 법이다."

"나리!"

"청유야, 미안하다. 내가 한 말들은 다 잊어라. 꿈이니 뭐니 하는 것들은 다 헛소리다. 조선은 그런 나라가 아니야. 진작 말해 주었어야 하는데, 정말 미안하다. 그러니 어서 태워라, 조금의 흔적도 남지 않도록."

"나리, 그렇게는 못하겠습니다. 박지원 같은 사람이 몰라준다고 이러실 필요는 없습니다. 바다 건너엔 새로운 세상이 있다고 늘 제게 말씀하시지 않으셨습니까? 나리의 실력을……."

"박지원 때문에 그러는 게 아니야."

"그러면……."

"청유야, 네가 하지 않겠다면 내가 하겠다."

이언진이 몸을 일으키려 했습니다. 하지만 그는 자기 몸조차 마음대로 움직이지 못할 정도로 허약해져 있었습니다. 그는 가슴을 움켜쥐고 다시 주저앉았습니다.

"청유야, 제발 부탁이다. ……제발……불을……불을 붙여 다오."

나는 부시쌈지를 들고 책과 시문 들 앞에 섰습니다. 입술을 깨물고는 부시를 부싯돌에 그었습니다. 붉은 불꽃이 기다렸다는 듯 확 일었습니다. 나는 그 불꽃을 책 위에 놓았습니다. 곤하게 잠들어 있던 책이 깜짝 놀라 몸을 뒤틀었습니다. 불꽃은 책 한 권을 날름 집어삼킨 뒤 재빨리 옆으로 옮겨 붙었습니다. 안타까움으로 가슴이 찢어질 것 같았습니다. 이건 아니었습니다. 소중한 것들을 이렇듯 허무하게 태워 버릴 수는 없었습니다. 이언진을 보았습니다. 그는 고개를 푹 숙이고 있었습니다. 나는 그와 불꽃을 번갈아 보았습니다. 나는 아직 불이 붙지 않은 시문들을 재빨리 챙겨 품 안에 넣었습니다. 갑작스럽게 먹잇감을 빼앗긴 불꽃이 뜨거운 불똥을 튀겼습니다. 나는 손가락에 튄 불똥을 재빨리 털어 버렸습니다. 다행히 이언진은 아무것도 눈치 채지 못한 것 같았습니다. 이제 그의 상체는 거의 바닥에 닿을 듯 기울어져 있었습니다.

내가 건진 몇 개의 시문 말고는 모두 다 재로 변해 버렸습니다. 이언진이 이십 년 넘게 간직해 왔던 것들이 타는 데 일각도 걸리지 않은 것입니다. 악마 같은 불꽃. 나는 불꽃을 발로 짓밟아 끈 뒤 방으로 와 이언진을 눕혔습니다.

"청유야……. 고맙다."

그 말을 끝으로 이언진은 잠들었습니다. 피곤했지만 나는 잠들 수 없었습니다. 지난 며칠 동안 그는 잠을 잘 못 이뤘습니다. 간신히 눈을 붙였다가도 고통을 호소하며 다시 깨어나곤 했습니다. 그러니 눈을 똑바로 뜨고 그의 곁을 지켜야 했습니다. 하지만 나는 아직 소년이었습니다. 내 눈꺼풀은 자꾸자꾸 밑으로 내려왔습니다. 결국 나는 그의 곁에 앉은 채로 잠이 들었고 이내 꿈을 꾸기 시작했습니다. 내 앞에는 바다가 있었습니다. 끝이 보이지 않는 넓은 바다였지요. 고요하던 바다가 출렁이기 시작하더니 커다란 배들이 나타났습니다. 통신사 일행이 탔던 배였습니다. 그런데 이상했습니다. 배 안에는 아무도 없었습니다. 잘못 보았나 싶어 눈을 비빈 순간 더욱 이상한 일이 벌어졌습니다. 눈 깜짝할 사이에 배가 사라져 버린 것입니다. 거짓말처럼 텅 비어 버린 바다를 검은 구름이 덮었습니다. 칠흑 같은 구름이 나를 답답하게 만들었습니다. 잠시 후 바다 속에서 무엇인가가 솟아올랐습니다. 검은 구름은 그 물체의 기세에 밀려 산산이 흩어졌지요. 나는 눈을 크게 뜨고 새롭게 나타난 물체를 보았습니다. 세상에, 그것은 고래였습니다. 그것도 옥처럼 푸른 고래! 고래 등에는 수염을 길게 늘어뜨린 신선이 타고 있었습니다. 작은 고래 여러 마리가 호위하듯 물살을 가르며 그 뒤를 따랐습니다. 신선이 나를 보며 웃었습니다. 어디선가 본 듯한 얼굴이었습니다. 이럴 수가. 나는 반가워서 하마터면 소리를 지를 뻔했습니다. 신선은 바로 이언진이었습니다. 내가 웃으며 손을 내밀자 그는 부드럽게 고개를 저었습니다. 안타까웠습니다. 나도 푸른 고래를 타고 싶었습니다. 저토록 푸른 고래는 바닷가 마을에 오래 살았던 나도 처음 보는 것이었지요. 나는 애원하는 눈초리로 이언진을 보았습니다. 이마를 살짝 찡그린 그가 무엇인가를 내게 던졌습니다. 놓칠까 싶어 얼른 손을 내밀었지요. 꽤 둔중한 느낌을 주는 물건이었습니다. 그런데 손을 펼치자 이상하게도 텅 비어 있는 것이었습니다. 어떻게 된 것일까요? 그에게 물어보려고 다시 고개를 들었습니다. 그런데 내 눈앞에는 아무것도 없었습니다. 바다도, 고래도, 이언진도 없었습니다. 눈처럼 새하얀 공간, 텅 빈 공간만이 펼쳐져 있을 뿐이었습니다······.

아침을 알리는 종소리가 나를 잠에서 깨웠습니다. 문틈으로 한 줄기 푸른빛이 들어오고 있었습니다. 꽤 오래 잠들었던 모양입니다. 늘어지게 하품을 한 뒤 이언진을 보았습니다. 입가에 웃음이 살짝 걸려 있는 것이 유난히 평화로워 보였지요. 마음을 놓은 나는 그의 가슴에 조용히 얼굴을 댔습니다. 이상했습니다. 그의 몸에서는 아무런 움직임도 느껴지지 않았습니다. 손바닥을 펴 그의 코 밑에 놓았습니다. 잠시 후 나는 손을 거두고 눈을 감았습니다. 하나뿐인 내 가족 이언진이 조선 땅을 벗어나지 못하고 죽은 것입니다. 그의 나이 겨우 스물일곱이었습니다.

이언진이 죽은 뒤에도 나는 일 년을 더 그의 집에 머물렀습니다. 일과는 정해져 있었지요. 아침에 일어나 그의 무덤에 다녀온 뒤 내가 살려 낸 그의 시문을 읽었습니다. 어느 정도 마음이 가라앉으면 나는 여러분이 앞으로 읽게 될 글을 썼습니다. 아,

그는 죽어서도 나의 스승이었습니다. 그의 시문을 읽으면 답답했던 가슴이 후련해졌고, 어두웠던 머리가 맑아졌으니까요. 나는 그 기운 덕택에 간신히 글을 끝낼 수 있었습니다. 그런 의미에서 내가 쓴 글의 절반은 그가 썼다고 말할 수 있겠습니다.

미리 실토하렵니다. 대단한 글은 아닙니다. 열정은 차고 넘쳤지만 능력이 부족한 까닭에 하고 싶은 말을 온전히 글로 옮길 수는 없었습니다. 그러니 글은 그저 형태만 갖추었을 뿐 그 안에 담긴 내용은 빈약하기 그지없습니다. 광 속에 꼭꼭 숨겨 두어야 마땅한 글을 부끄럼을 무릅쓰고 여러분에게 공개하는 까닭이 하나 있기는 합니다. 내가 쓴 글은 지금으로부터 삼 년 전, 그러니까 갑자년甲子年(1764년) 4월 7일에 일어난 하나의 살인 사건으로부터 시작됩니다. 살인 사건의 배후에는 인삼이 있고, 그 인삼의 뿌리를 캐다 보면 나와 이언진의 이야기를 마주하게 되지요. 아, 다시 한 번 털어놓아야 하겠습니다. 살인 사건은 그저 나와 이언진의 이야기를 꺼내기 위한 조잡한 핑곗거리에 지나지 않습니다. 그러니 살인 사건도 싫고, 생판 남이었던 우리가 어떻게 가족처럼 지내게 되었는지 하는 것에도 관심이 없는 분들은 이쯤에서 손을 떼는 것이 좋을 것입니다. 그러나 하나의 사소한 사건, 혹은 우연한 사건이 한 소년의 삶을 어떻게 바꾸어 놓았는지가 그래도 궁금한 분이라면, 그것을 혹시라도 삶의 교훈 중 하나로 받아들일 용의가 조금이라도 있는 분이라면 뜨끈한 아랫목에 엉덩이를 붙이고 손가락에 침을 묻혀 가며 조금 더 읽어 나가는 것도 그리 나쁘지는 않을 것입니다. 더군다나 묵은 짐과도 같던 이 글에서 마침내 손을 뗀 나는 이제 영원히 조선을 떠나려 하는 마당이니까요. 이 글을 읽는 여러분과 내가 살아서 조선에서 마주칠 일은 없다는 이야기인 것이지요. 쓸데 없이 말이 많았습니다. 이제 글의 시작입니다.

한밤의 살인 사건

날이 으슬으슬 추운 것이 꼭
가을 같았다. 그날 밤 일이 벌어졌다.
도훈도 최천종이 새벽에 돌아온 뒤 잠깐
잠들었는데 갑자기 왜인이 나타나 가슴을
누르더니 그의 목을 칼로 찔렀다.

– 성대중의 「일본록」 중에서

갑자기 배가 기우뚱거렸습니다. 배는 물결을 따라 하늘 높이 솟아올랐고, 우지끈 소리와 함께 바다 밑바닥으로 떨어졌습니다. 사람들은 배의 움직임에 따라 춤을 췄습니다. 나는 배에 붙어 있는 것이라면 무엇이든 잡으려고 애를 썼습니다. 그래야 살 수 있을 테니까요. 소용없었습니다. 나는 계속해서 헛손질만 해 대고 있었을 뿐입니다. 잔뜩 쉰 뱃사람의 목소리가 용케 비바람을 뚫고 들려왔습니다.

"배에 구멍이 났소. 어서 물을 퍼내시오."

살아남으려면 그의 말을 따라야 했습니다. 문제는 몸이 말을 듣지 않는다는 것이었지요. 내 팔다리는 마치 다른 사람의 것인 양 제멋대로 움직이고 있었습니다. 쿵, 쿵. 대포 소리가 연속해서 들렸습니다. 찢겨진 용 깃발을 팔이 떨어져라 휘두르는 사람의 모습도 언뜻언뜻 보였습니다. 그때였습니다. 눈앞으로 비단 손수건 한 장이 날아가는 것이 아니겠습니까! 손수건에 수놓인

〈곤여 만국 전도〉는 수만 가지 색으로 빛나고 있었습니다. 죽음이 눈앞에 있었지만 나는 감탄하지 않을 수 없었습니다. 그 빛은 넋을 쫙 빼놓을 만큼 아름다웠습니다. 지금껏 봐 왔던 그 어떤 것도 그 빛과는 비교가 안 되었지요. 손수건을 잡으려고 손을 뻗었습니다. 지도 속, 봉황을 닮은 새가 나를 돌아보았습니다. 땟국에 절은 내 검은 손이 새의 목을 움켜쥐었습니다. 새의 눈에서 붉은 눈물이 똑똑 떨어졌습니다. 그 눈물은 용암보다 더 뜨거워서 손가락 끝이 순식간에 검게 변해 버렸습니다. 나는 재빨리 손을 놓았지만 그것으로 끝이었습니다. 손수건은 바닷속으로 사라져 버렸지요. 안 돼. 바닷물이 기다렸다는 듯 내 입을 틀어막았습니다. 뿔 난 기린처럼 키만 훌쩍 큰 저승사자가 나를 보며 웃었습니다. 나를 구한 건 이언진이었습니다. 그가 내 옷자락을 있는 힘껏 끌어당겼습니다.

"정신 차리지 않으면 죽는다니까!"

그 소리에 눈을 번쩍 떴습니다. 사방은 고요했지요. 거칠게 귓전을 때리던 파도 소리도 더 이상 들리지 않았습니다. 몸을 일으킨 나는 손등으로 식은땀을 닦아 내곤 주위를 살폈습니다. 비린 듯 퀴퀴한 냄새가 나는 좁은 방이었습니다. 곁에서는 모로 누운 이언진이 나지막이 코를 골며 자고 있었고요. 한동안 멍하니 앉아 있던 나는 손수건을 떠올렸습니다. 허리춤을 더듬어 주머니를 꺼냈습니다. 휴, 꿈은 그저 꿈일 뿐이었습니다. 손수건

은 내가 접어 놓은 그대로 얌전히 잠들어 있었습니다. 나는 그
제야 한숨을 쉬었지요. 연희가 준 손수건이었습니다. 결코 잃어
버려서는 안 될 물건이었습니다. 연희가 누구냐고요? 내가 가족
으로 삼고 싶은 여자애, 그 애가 바로 연희랍니다.

거센 바람 소리가 문고리를 흔들었습니다. 일본의 날씨는 종
잡을 수 없었습니다. 구름 한 점 없던 하늘에서 갑자기 비가 내
리고, 물 고인 웅덩이에 얼음이 언 날 따뜻한 바람이 불어왔습
니다. 봄답지 않게 차가운 날은 오늘도 이어지려는 모양입니다.
뜨뜻하면서도 찝찔한 부산의 갯바람, 치를 떨게 만들던 그 바람
마저 지금은 그리워졌습니다. 다시 자리에 누웠습니다. 일어나
수십 리 길을 가야 할 것을 생각하면 더 자 두어야 했지요. 그러
나 한 번 깬 잠을 다시 청하기란 쉽지 않았습니다. 이리저리 뒤
척이던 내가 떠올린 것은 결국 연희였습니다. 글 읽는 연희, 수
놓는 연희, 살짝 고개 숙인 연희, 그러다가 고개를 들어 나를 보
며 살포시 웃는 연희…….

닭 우는 소리와 비명 소리가 겹쳐서 들렸습니다. 선잠에서 깨
어난 나는 벌떡 일어나 토끼처럼 귀를 쫑긋 세웠습니다. 더 이
상 들리는 소리는 없었습니다. 또 다시 꿈을 꾸었던 것일까요?
늘어지게 하품을 한 뒤 다시 누우려는데 이번에는 더 큰 비명
소리가 들렸습니다. 이어서 문을 밀치는 소리가 나더니 누군가
가 "도적이 나간다!" 하고 외쳤습니다. 끝이 갈라진 목소리가 묘

하게 불길한 느낌을 주었습니다. 여기저기서 웅성거리는 소리가 나고 불이 켜졌습니다. 나도 일어나 방문을 열었지요. 사람들이 건너편 방 앞에 모여 있었습니다. 아무래도 움직임이 심상치 않았습니다. 무슨 일이 생긴 것입니다! 재빨리 건너편 방 앞으로 달려가 사람들 틈 사이로 고개를 내밀었습니다. 아, 그 끔찍한 광경이라니……. 나는 눈살을 찌푸렸습니다.

　방 안은 피로 바다를 이루고 있었습니다. 바닥에도 벽에도 심지어는 천장에도 붉다 못해 검은 피가 흘러넘쳤습니다. 그리고 그 가운데에 사람이 있었습니다. 그 사람의 목에서는 피가 샘물처럼 솟아올랐습니다. 그 사람이 누군지는 나도 알고 있었습니다. 온갖 잡다한 일을 처리하면서 통역도 하는 도훈도都訓導였던 최천종, 나를 볼 때마다 머리를 쓰다듬으며 실없는 말을 해대던 바로 그 사람. 그렇게 피가 많이 흘렀는데도 최천종은 아직 살아 있었습니다. 그는 손으로 목을 만지더니 자신에게 닥친 일이 믿기지 않는다는 듯 쓸쓸한 웃음을 지었습니다. 그런 뒤 천천히 손을 움직여 옷에다 피를 닦아 내고는 입을 열었지요. 느릿느릿하지만 침착한 말투, 손끝에 묻은 달팽이를 털어 내듯 한가로운 얼굴. 피 흘리는 남자와는 어울리지 않았습니다.

　"잡무를 끝내고 새벽녘이 되어서야 자리에 누웠습니다. 워낙에 피곤해서 눕자마자 잠이 들었지요. 그런데 갑자기 가슴이 답답한 것이 아니겠습니까. ……눈을 떠 보니 어떤 놈이 떡하니 가슴에 걸터앉아 있는 것입니다. 꿈인가 생시인가 했지요. 그런데 놈의 손에, 칼이 들려 있습디다. 몸을 움직이려 하자 그 칼이 쑥 하고 내 목을 찔렀습니다. 벌떡 일어나, 칼날을 뽑고 소리를 지르며 놈을 잡으려 했지만, 놈은 방문을 열고, 재빨리 달아났지요. 옆방의 불빛에 놈의 모습이 비쳤습니다. 머리를 뒤로 질끈 묶은 것하며, 개처럼 화려하게 옷 입은 것하며……. 후후, 분명, 왜인이었지요."

최천종은 숨을 헐떡거렸습니다. 뒤늦게 달려온 의원이 그의 입에 무엇인가를 흘려 넣었습니다. 그는 손을 휘젓더니 몸을 일으키려 했습니다. 사람들이 움직이지 못하도록 그의 몸을 잡았습니다. 그는 버둥거리면서도 말을 멈추지 않았습니다.

"억울합니다. 정말, 나는 왜인과는 다툰 적도 없고, 원망을 살 일도 하지 않았습니다. ……그런데 왜인이 나를 찔러 죽이려 하다니……. 도무지, 까닭을 모르겠소. 나랏일을 하다 죽거나 사신의 직무를 수행하다가, 죽는다면 몰라도, 이렇듯 왜인에게 이유도 없이 칼에 찔려 죽게 되니……. 정말로 원통합니다. ……아, 까닭이 무엇인지라도, 알았으면……."

최천종의 몸이 부르르 떨리더니 팔이 축 처졌습니다. 죽은 것일까요? 나는 본능적으로 고개를 움츠렸지만 두 눈은 오히려 크게 떠졌습니다. 손 하나가 어깨를 끌어당기는 바람에 깜짝 놀라 돌아보았습니다. 이언진이었습니다.

"방으로 가."

"싫습니다."

"어서."

평소와 다르게 나지막한 목소리라 거역하기 힘들었습니다. 입술을 삐쭉 내밀고 방으로 돌아왔습니다. 나는 다람쥐처럼 방 안을 맴돌았습니다. 피를 뒤집어 쓴 최천종의 모습이, 지우려 해도 자꾸만 눈앞에 어른거렸습니다. 결국 나는 방문을 살짝 열어서 밖을 보았지요. 아직 해가 뜨기 전이었지만 사방에 밝힌 불로 밖은 대낮처럼 밝았습니다. 대청마루에는 정사를 포함해 스무 명 남짓한 사람들이 모여 있었습니다. 제일 뒤에 엉거주춤 서 있는 이언진의 모습도 보였고요. 머릿속에는 의문이 꼬리 문 뱀처럼 뱅뱅 돌았습니다. 도대체 누가 최천종을 죽인 것일까, 그토록 끔찍하게 칼을 찔러 넣은 이유는 또 무엇일까, 또 다른 사건이 이어지지는 않을까, 앞으로 우리는 어떻게 되는 것일까, 무사히 조선 땅을 밟을 수 있기는 한 것일까······?

대청마루에 모였던 사람들이 고개를 숙이고 흩어졌습니다. 우연히도 핏발 선 정사의 눈과 마주쳤습니다. 나는 재빨리 문을 닫았지만 문은 곧 다시 열렸습니다. 흥분으로 얼굴이 붉어진 군졸이 쉰 목소리를 내뱉었습니다.

"밖으로 나와!"

내가 주춤거리자 군졸은 목덜미를 잡아채 밖으로 끌어냈습니다. 끌려 나온 것은 나만이 아니었습니다. 통신사 일행 대부분이 나와 같은 봉변을 당하고 있었지요. 넓은 마당은 이내 사람들로 채워졌고, 그 주위를 창을 든 군졸들이 둘러쌌습니다. 군졸들의 임무는 통신사 일행을 호위하는 것입니다. 하지만 지금 그들은 통신사 일행을 처단해야 할 적처럼 대하고 있었습니다. 마른침을 꿀꺽 삼켰습니다. 머릿속에 잔뜩 엉킨 실뭉당이가 있는 것 같았습니다. 무슨 일이 벌어지고 있는지 도무지 짐작조차 할 수 없었습니다. 혼란스러웠던 분위기가 어느 정도 정리되자 정사가 일어섰습니다.

"도훈도 최천종이 칼에 찔렸다. 통신사라는 제도가 있어 온 이래 이 같은 일이 일어난 것은 처음이다. 다 나의 덕이 부족한 탓이다."

정사가 말을 멈추고는 먼 곳을 바라보았습니다. 잠시 후 그는 얼굴을 찌푸리더니 시종을 향해 거칠게 손을 흔들었습니다. 시종이 쪼르르 달려가 물이 든 바가지를 건넸지요. 너무도 고요해 물이 목을 지나는 소리마저 선명하게 들릴 정도였습니다.

"이미 일어난 일은 어쩔 수 없다. 중요한 것은 앞으로 있을지도 모를 다른 사건을 막는 일이다. 한번 생각해 보시게. 개처럼 발발거리기 좋아하는 왜인들이 왜 위험을 무릅쓰고 험한 일을 벌였겠는가. 그들이 노릴 만한 것이 우리에게 있기 때문이다. 지금껏 그대들을 믿어 왔지만 사람이 죽은 이상 더 이상은 그럴 수 없게 되었네. 그대들의 짐을 수색하겠다. 인삼 같은 금지된 품목이 나오면 그자의 목을 치겠다. 부사와 종사관, 그리고 군관은 일어나 내 뒤를 따르시오."

정사는 제일 가까이 있던 방부터 뒤지기 시작했습니다. 속이 타고 정신이 어질어질해졌습니다. 정사가 출발할 때 발표했던 금지 사항 제1조는 아직도 귓가에 생생하게 남아 있었습니다.

인삼을 몰래 팔다 들키는 자는 목을 벨 것이다.

내 짐 속에는 정사가 콕 집어 말했던 바로 그것, 인삼이 있었습니다. 몇 겹의 옷으로 감싸 보따리에 넣어 두었다고는 하지만 짐을 뒤지고 숨긴 물건을 찾아내는 것이 일인 군관의 날카로운 눈매를 속일 수는 없겠지요. 입술을 깨물었습니다. 들키면 그것으로 끝이었습니다. 그간에 저질렀던 작은 잘못들이 빠르게 눈앞을 스쳐갔습니다. 대마도에서 인삼을 넘기지 못한 것이 잘못이었습니다. 아니지, 장유한에게서 인삼을 받은 것이 더 큰 잘못이었습니다. 아, 그것도 아닙니다. 그에게 통신사 일행에 넣어 달라고 생떼를 부린 것부터가 잘못이었습니다. 어쩌자고 그에게 그런 부탁을 했을까요. 그 순간으로 되돌아가 물리고 싶은 마음이 굴뚝같았습니다.

나는 떨리는 손으로 목을 더듬었습니다. 이 가느다란 목은 얼마나 더 내 몸에 붙어 있을까요. 정사 일행이 점점 내 방 쪽으로 다가오고 있었습니다.

감기 몸살이라도 앓는 것처럼 몸이 덜덜덜 떨리더니 갑자기 눈앞에 최천종이 나타났습니다. 그는 나를 보며 키득키득 웃고 있었습니다. 피가 솟구치는 목에는 가늘고 날렵한 검이 여태껏 꽂혀 있었습니다. 몹시 아플 텐데도 최천종은 낄낄거리는 것을 멈추지 않았습니다. 눈을 감았습니다. 분명 헛것이겠지요. 그러나 소용없었습니다. 그의 모습은 오히려 더 선명해졌습니다. 하는 수 없이 다시 눈을 떴습니다. 그의 얼굴에서 비로소 웃음이 사라졌습니다. 그는 손을 뻗더니 목에서 검을 빼냈습니다. 철철 쏟아지는 피로 주위가 온통 붉어졌습니다. 시체처럼 창백해진 그가 검을 들어 나를 겨냥했지요. 검의 날이 코끝까지 다가온 순간 나는 정신을 잃었습니다.

인삼이라는 것

왜인들이 또 묻기를,
"귀국의 인삼은 그 성질이나 맛이 타고난
것입니까? 아니면 혹 인위적인 기술이 있어서
만들어 낸 것입니까?"라고 물었다.
내가 말하기를,
"약의 성질은 저절로 타고난 것을
귀하게 여기어 독성이 있는 것을 굽는 것 외에는
손상시키지 않습니다. 하물며 이러한 신령한 삼이
어찌 사람의 손길을 용납하겠습니까?"
라고 답했다.

– 성대중의 『일본록』 중에서

"이제 좀 정신이 드니?"

이언진의 목소리였습니다. 나는 방 안에 누워 있었습니다. 문틈으로 따뜻한 햇살이 비춰 드는 걸로 보아 오시午時는 된 것 같았지요. 머릿속에서 기억이 빠르게 제자리를 찾아갔습니다. 나도 모르게 목으로 손이 갔습니다. 아직 살아 있는 것을 확인한 나는 자리에서 벌떡 일어났습니다.

"도대체 어떻게 된 건가요?"

"갑자기 정신을 잃고 픽 쓰러지더구나."

"인삼은, 인삼은 어떻게 됐습니까?"

"목소리를 낮춰."

하지만 지금 내 귀에 그의 경고가 들어올 리 없었습니다. 나는 선반 위에서 보따리를 끄집어 내린 뒤 별로 넓지도 않은 그 속을 이 잡듯 샅샅이 뒤졌습니다. 짐작했던 대로 인삼은 없었습니다. 나는 털썩 주저앉았습니다.

"들켰군요. 그럼 전 이젠……."

나는 고개를 떨어뜨렸습니다. 눈물이 기다렸던 것처럼 주르르 흘렀습니다. 마치 슬픈 소설의 주인공이 된 듯한 이상한 기분이 었습니다.

"사내놈이 울기는……."

죽음이 코앞에 있는데 눈물, 콧물쯤 보이는 게 뭐 그리 큰 문제겠습니까. 죽은 뒤에는 사내도 뭐도 아닌 법입니다. 이 마당에도 사내답게 굴라는 것은 너무 지나친 요구입니다.

"전 언제 죽게 되나요?"

"네놈이 언제 죽을지를 내가 어떻게 알겠느냐? 나는 점쟁이가 아니다."

"정말 너무하십니다. 이런 때 농담을 하십니까?"

"내 말 잘 들어. 네 보따리에서는 아무것도 나오지 않았다."

아무것도 나오지 않았다……. 바보처럼 이언진의 말을 그대로 따라한 뒤 나도 모르게 입을 헤벌렸지요. 머릿속이 벌집을 쑤신 것처럼 윙윙거렸습니다. 소매 끝으로 눈물을 닦고, 콧물도 한 번 훌쩍 들이마셨습니다.

"지금 뭐라고 하셨습니까?"

"귀까지 먹었느냐? 네 보따리에서는 아무것도 나오지 않았다고 했다."

"그러면 인삼은, 인삼은 어디로 간 거예요?"

"내가 버렸다."

"네?"

"잘 들어 봐라. 기해년己亥年(1719년)에 일본을 방문했던 통신사 일행에게도 비슷한 사건이 있었지. 역관 권흥식이 스스로 독약을 마시고 죽었다. 그가 왜 자살을 했는지 알겠느냐?"

그렇습니다. 인삼 때문이겠지요. 하지만 나는 그 생각을 말하고 싶지 않았습니다. 그랬다간 그의 비참한 운명이 내게로 이어질 것 같았습니다. 나는 입을 굳게 다물고는 이언진의 다음 말을 기다렸습니다.

"몰래 가져왔던 인삼을 왜인에게 넘기려다 들켰기 때문이다. 고문을 당하다 괴롭게 죽기보단 자신의 손으로 편하게 죽는 길을 택한 것이지. 하나 물어보자. 정사가 최천종이 검에 찔렸다는 소식을 들었을 때 제일 먼저 떠올린 것이 무엇이겠느냐?"

"……."

"두말할 것도 없이 권흥식 사건이었겠지. 정사는 최천종의 죽음 뒤에는 인삼이 얽혀 있으리라고 확신했을 거야. 그러니 정사가 할 수 있는 일은 한 가지밖에 없게 되지. 사람들의 짐을 수색해 숨겨진 인삼을 찾는 것."

"그렇다면 나리께서……."

"최천종이 칼에 찔렸다는 소식을 듣자마자 나는 방으로 들어와 네 보따리를 뒤졌다. 인삼 뭉치를 꺼내 창밖으로 던진 뒤 다시 밖으로 나가 하나뿐인 제 목숨 귀한 줄도 모르고 세상 떠나는 사람 구경에 얼이 빠진 너의 어깨를 끌어당겼던 거지."

이언진의 말을 들으니 희망이 되살아났습니다. 이 마당에 자꾸 캐묻는 게 염치없는 줄은 잘 알았지만 그러나 내겐 두 번, 세번, 아니 열 번이라도 짚고 넘어가야 할 중요한 문제였으니까요.

"그럼 인삼은 괜찮은 건가요?"

이언진이 어처구니없다는 듯 얼굴을 찡그렸습니다. 비웃으려면 비웃으라지요. 중요한 것은 지금 인삼이 어디 있느냐 하는 것이니까요.

"그러니까 인삼은 괜찮은 거지요? 지금은 안전한 곳에 있는 거지요?"

"미련한 놈."

"미련하고 한심하다 백 번 욕해도 좋아요. 제발 인삼이 어디 있는지 말씀만 해 주세요."

"한바탕 소동이 잠잠해진 뒤 건물 뒤편으로 갔다. 하지만 늦었다. 아무것도 없더구나."

"거짓말이지요? 시답지 않은 말로 저를 떠보려는 거지요?"

"청유야, 정신 차려라. 인삼을 지켜주지 못한 것은 미안하게 되었다. 하지만 인삼보다는 네 목숨이 더 중요한 것 아니겠느냐? 그러니……."

이언진의 말을 끝까지 듣지 않고 후다닥 밖으로 뛰쳐나왔습니다. 신발도 신지 않고 얼른 건물 뒤편으로 달려갔습니다. 꼼꼼하게 살펴보았지만 인삼은 흔적도 없었습니다. 나는 털썩 주저앉았습니다. 낭패도 이처럼 큰 낭패가 없었습니다. 부산에 돌아가면 인삼의 원 소유자인 장유한이 나를 몰아붙일 것은 분명했습니다. 족제비 같은 그에게서 벗어나려면 인삼값을 치르는 것 말고는 다른 방법이 없었습니다. 하지만 어디에서 돈을 마련하겠습니까? 가난한 내 처지에서는 도무지 불가능한 일이었지요. 눈을 들어 하늘을 보았습니다. 깃털 구름은 무심한 듯 천천히 흘러만 가고, 까악까악 까마귀 울음소리는 유난히 태평스럽게 들렸습니다. 횡 하니 부는 차가운 바람이 안 그래도 서늘한 내 가슴을 더욱 차갑게 만들었습니다. 사내 녀석 하나가 한없이 무너져 내리고 있는데도 세상은 어제의 풍경과 조금도 다르지 않았습니다. 나는 세상이란 것이 이렇듯 무심하고 괘씸하다는 것을 처음으로 깨달았습니다.

심문

일본인으로서 나와 마주 앉아
수창酬唱(시를 주고받으며 읊음)한 이들은
대개 거칠고 꽉 막혔으며, 말에
차례와 순서가 없는 이가 많았다.
혹 그들이 개인적으로 속옷에 가지고 다니는
원고를 보면 때때로 한 구절이나 한 연 등이
매우 아름답기도 한데
함께 있는 자리에서 지은 것을 보면
완전히 하늘과 땅의 차이다.

– 성대중의 『일본록』 중에서

집 수색이 성과 없이 끝나자 정사는 관련 인물들을 추궁하기 시작했습니다. 제일 먼저 걸려든 것은 세 명의 당상역관들이었습니다. 통역 총책임자라는 신분을 앞세워 있는 대로 거드름을 피워 왔던 사람들이었지요. 하지만 정사의 호통에 그들의 거드름은 흔적도 없이 사라졌습니다. 그들은 비굴한 목소리로 살인사건과는 아무런 관련이 없음을 호소했습니다. 그들의 말은 사실일 겁니다. 그러나 왜인들과의 일은 대부분 그들의 손을 거쳐 진행되었던 만큼 책임을 면할 도리는 없었습니다. 정사는 당상역관들을 곤장으로 다스렸습니다. 꾹꾹 참아 내던 그들의 입에서 마침내 흑흑 울음소리가 터져 나올 만큼 형은 엄격하게 집행되었습니다. 정사는 무서운 사람이었습니다. 그들의 눈물이 아직도 얼굴에 묻어 있는데도 왜인들과 협력해 속히 범인을 찾아내라는 명령을 내리더군요. 당상역관들은 정사의 말에 토씨 하나 달지 못하고 고개만 숙여 보였습니다. 나머지 사람들에 대한 심문도 이루어졌습니다. 부사와 서기, 그리고 군관 서너 명이 사람들을 나누어 만나기 시작했습니다.

나와 이언진이 머무는 방에 심문관이 들어온 것은 오후 내내 오락가락하던 비가 마침내 그친 늦은 저녁 무렵이었지요. 심문관은 정사의 서기인 성대중이었습니다. 성대중이라니, 정말 다행이었습니다. 심문이 어떻게 이루어질지 몰라 두렵고 불안했던 나는 그를 보고는 속으로 박수를 쳤습니다. 그는 덕망이 있는 사람이었습니다. 표정은 늘 따뜻했고 나와 같이 별 볼 일 없는 사람에게도 절대로 함부로 대하지 않았습니다. 게다가 그는 예전부터 이언진과 친분이 있던 사람이기도 했습니다.

성대중은 몹시 피곤해 보였습니다. 그는 들어오자마자 벽에 등을 기대고 앉았습니다. 뒷목을 서너 차례 주무르더니 슬그머니 눈을 감았지요. 이마에 댄 손가락 끝이 살며시 떨렸습니다. 숱이 적은 수염 속에는 흰 터럭도 꽤 되었습니다. 나까지 왠지 피곤해지는 느낌이었습니다.

"힘이 많이 드시겠습니다."

이언진의 위로의 말에 성대중이 눈을 떴습니다. 그는 입꼬리를 살짝 올려 웃음을 지어 보였습니다.

"힘들 것 하나 없네. 내가 맡은 사람들이라야 자네를 제외한다면 소동에 악공에 마상재 재주꾼 같은 자들이라네. 조그마한 사고들이야 끼니 때우듯 쉽게 저지르는 자들이지만 살인까지 불

사할 만한 깜냥 따위는 애초부터 없는 사람들이지. 그러니 그저 무의미한 문답이나 주고받으며 시간을 죽일 수밖에. 그런 일이 무엇이 힘들겠는가."

성대중의 말을 들으니 아침부터 내내 조마조마했던 마음이 비로소 가벼워졌습니다. 그러나 곱씹어 보면 혐의를 벗었다고 기뻐할 만한 일은 아니었지요. 나와 같은 이들은 의심의 대상도 되지 않는다는 말이 조금은 거슬렸습니다. 평소의 성질머리였다면 '미천한 자들은 성질머리도 없답니까, 손이 없어 칼도 못 쓴답니까?' 하고 한바탕 쏘아붙였을지도 모릅니다. 그러나 지금은 그럴 때가 아니었지요. 조심에 조심을 해도 모자란 판이었으니까요.

"정작 힘든 것은 왜인들과 상대하는 것일세. 왜인들은 이번 살인 사건의 의미를 축소하기 위해 안간힘을 쓰고 있어. 목격자가 있고 증거가 있는데도 왜인이 살인을 저질렀다는 기본적인 사실조차 인정하길 꺼려해."

"그들의 입장도 이해해야 합니다. 자칫 섣부르게 일을 처리했다간 양국 관계에 큰 문제가 생길 테니까요. 교역이라도 중단되는 날이면 조선만을 바라보고 사는 대마도 측에서는 낭패를 겪게 되겠지요. 그거야말로 통신사 수행 책임을 맡은 대마도 측에서 가장 피하고 싶은 일일 겁니다."

"그렇더라도 살인 사건이 일어난 이유는 분명히 밝혀야 하지 않겠나? 그래야 사건의 재발을 방지할 수 있다네."

"그렇겠지요."

"그놈의 인삼이 도대체 뭔지……. 언젠가는 이런 흉한 일이 일어날 것 같더니만……."

"인삼과 관련이 있다고 생각하시는군요."

"그렇지 않겠나? 겉모습은 달라도 재물만 보면 눈에 불을 켜고 달려드는 것이 사람이라는 종자의 속성일세. 사람을 저처럼 흉악하게 죽일 이유는 재물과 관련된 것 말고는 없어. 강호江戶 (도쿄의 옛 이름인 에도)에서의 인삼 가격이 폭등하고 있다는 말을 내 들은 적이 있네. 일을 벌이기에 좋은 여건이 마련된 셈이지."

"그렇군요."

"휴, 인삼이 아니라 차라리 귀신삼이라고 부르는 게 좋을 거라는 생각까지 드네. 사람을 살리는 게 아니라 홀려서 잡아먹는 삼이란 말일세."

인삼이란 말에 나는 절로 자라목이 되었습니다. 성대중은 이언진을 보며 무언가를 곰곰 생각하는 표정을 지었습니다. 잠시 망설이던 그는 조용히 시를 읊기 시작했습니다.

맨발의 오랑캐는 꼭 도깨비 모양,
오릿빛 옷 등에는 별과 달의 그림.

꽃치마 입은 계집애가 문밖으로 뛰어나오는데
빗던 머리도 다 못 빗어 머리가 잔뜩 뭉쳤다.
울다 목이 쉰 아이에게…….

"그만하십시오."

이언진이 짜증난 말투로 끼어들었습니다. 좀처럼 없던 일이었습니다. 나는 깜짝 놀라 그를 물끄러미 보았습니다. 그의 얼굴은 불에라도 덴 듯 불끈 달아올라 있었지요.

성대중이 허허 하고 웃음을 지었습니다. 나도 따라 웃었지만 그것은 잘못된 행동이었습니다. 성대중의 웃음은 본격적인 말다툼의 시작을 알리는 신호였던 겁니다.

"자네가 듣기에도 부끄러운가?"

"부끄럽다니요?"

"자네의 시에는 재기가 넘치네. 하지만 그뿐일세. 겉으로 보기에는 화려하나 의미가 없지. 도대체 무슨 이야기를 하려는지 알 수가 없다는 말일세."

"제가 본 바를 그대로 표현한 것입니다. 일본에 와 보지 않은 조선 사람들도 제 시를 읽게 되면 왜인들의 모습이 어떠한지를 눈으로 보듯 생생하게 느낄 수 있도록 말입니다."

"그건 잘못된 생각이야. 시는 정신일세. 자네가 말한 것은 사물의 정신은 보지도 않고 그저 똑같이 그리려고만 애쓰는 천박

한 그림쟁이들에게나 어울리는 걸세. 내가 지은 시를 한번 들어 보게."

의관은 물에 비치니 문장이 화려하고
북과 나팔은 바람을 맞아 가락을 드날리네.

"어떠한가? 부드러우면서도 넉넉한 느낌이 들지 않는가? 이러한 시를 지어야 인생도 풀린다네. 평안하면서도 부유하게 살아갈 수 있는 비결이 바로 여기에 있다네. 자네와 나 같은 처지의 사람들은 특히 이 점을 명심해야 하네."

심문을 하러 왔다던 성대중이 왜 갑자기 시를 말하는지 도무지 알 수 없었습니다. 방 안에는 팽팽한 긴장이 감돌았습니다. 두 사람은 왜 갑자기 언쟁을 벌이는 것일까요? 다투는 이유는 몰랐지만 성대중의 말에 동의하기는 힘들었습니다. 내가 듣기에는 이언진의 시가 성대중의 것보다 훨씬 좋았으니까요. 이언진의 시는 왜인들의 모습을 생생히 묘사하고 있었습니다. 그의 시를 듣고 있으니 지난 몇 달 동안 보았던 왜인들의 모습이 눈앞에 그대로 그려졌습니다. 반면 성대중의 시는 도무지 무엇을 말하는지 짐작을 할 수 없었습니다. 부자로 살 수 있다니 만사 제쳐 놓고 따라하고 싶은 마음이 굴뚝같았지만 알아들을 수가 없으니 그것이 문제였습니다. 이언진이 고개를 끄덕이며 웃었습니다. 성대중은 그 웃음을 자신의 말에 대한 수긍으로 받아들인 듯 함께 웃었지요. 하지만 이언진의 입에서는 정반대의 말이 나왔습니다.

"부디 부유하게 살아가는 데 도움이 되는 시를 계속 지으시기 바랍니다. 그런 시를 지어 벼슬이 영의정에 이르고, 또 여든 살까지 살며 엄청난 재물을 모은다면 퍽이나 좋기도 하겠습니다."

나는 숨을 멈추었습니다. 이언진은 지금 자신보다 나이도 많은 데다 심문관이기도 한 성대중에게 비꼬는 말을 던진 것입니다. 한바탕 불호령이 떨어질 것은 분명해 보였지요. 이럴 때는 조심하는 게 좋습니다. 나는 엉덩이를 움직여 슬금슬금 뒤로 물러났습니다. 하지만 성대중의 반응은 뜻밖이었습니다. 이언진의 대답을 예상이라도 한 듯 고개를 끄덕거렸습니다.

"자네답군."

"칭찬으로 알겠습니다."

"자네는 그 삐딱함이 문제야. 세상을 편견 없이 볼 수는 없는가?"

"편견이라니, 제게는 그런 것이 없습니다. 세상을 정밀하고 냉정하게 관찰한 결과를 그대로 말했을 뿐입니다."

"이제 그런 투정은 그만두게. 자네는 어린애가 아닐세. 권력자들을 욕하고 천한 사람들의 편을 든다고 해서 바뀌는 것은 없어. 좀 더 어른 같은 안목을 키우게나."

"어느 쪽 편을 드는 것은 아닙니다. 제게 그런 욕심은 없습니다. 그저 제가 보고 느낀 것을 제대로 표현하고 싶을 뿐입니다."

"자네는 물론 불만이겠지. 뛰어난 재주에도 불구하고 뜻을 펼칠 수 없는 처지에 화가 나겠지. 그런다고……."

"그런 이야기는 이제 그만두십시다."

"기다리면 기회는 올 걸세. 서두르지 말게."

"그만하시라니까요."

"그만 못하겠다면……."

"박지원이란 자가 제게 내뱉은 말을 아시고서도 그런 말씀을 하십니까?"

"아직도 그걸 마음에 담아 두고 있군 그래."

성대중은 한숨을 내쉬고는 나를 보았습니다. 나는 등을 곧추세우고 모은 무릎에 힘을 주었습니다. 빈틈을 보이고 싶지는 않았으니까요. 성대중은 부드러운 목소리로 물었습니다.

"자네가 듣기에는 누구의 말이 옳은 것 같은가?"

"저는, 잘 모르겠습니다. 죄송합니다."

"그렇지, 괜한 것을 물은 내가 잘못이지. 그건 그렇고 자주 보기는 했어도 여태껏 네 이름조차 모르는구나."

"청유라고 합니다."

"청유라, 무슨 자를 쓰는고?"

"푸를 청青에 부드러울 유柔입니다."

"좋은 이름이구나. 올해 몇 살인가?"

"열다섯 되었습니다."

"열다섯이면 곧 상투를 써야겠군. 관례는 언제 치르려고 하느냐?"

관례라는 말에 나도 모르게 이언진을 보았습니다. 그가 나 대신 대답을 했습니다.

"『논어』는 떼어야 관례를 치르지요. 『천자문』과 『소학』밖에 읽지 않았답니다."

"그렇구나. 공부를 좀 더 해야겠어. 양친은 계시는가?"

"부친은 제가 태어나기 전에 돌아가셨고, 모친은 아홉 살 되던 해에 돌아가셨습니다."

"딱한 신세로고. 그럼 도대체 누구의 손에 컸느냐?"

나는 잠시 망설였습니다. 딱히 누가 나를 키웠다고 말하기가 어려웠습니다. 혈육이기는 하지만 할아버지가 한 것은 별로 없었습니다. 스스로 알아서 컸다고 말하려다 말을 바꾸었지요. 괜히 모나게 보여 눈길을 끌고 싶지 않았습니다.

"할아버지가 키우셨습니다. 할머니도 일찍 돌아가시는 바람에……."

"힘들게 자랐구나. 그래, 부친은 함자를 어떻게 썼던가? 부산의 역관 집안이라면 내가 알 수도 있을 테니까."

나는 잠시 망설였습니다. 하지만 이내 마음을 비웠습니다. 그저 아버지 이름을 묻는 것뿐이니까요. 나는 최대한 무심한 목소리로 대답했습니다.

"태泰 자, 성成 자입니다."

"그렇다면 혹시 역관 최태성?"

물소 뿔

주고천을 건널 때 작은 배 수백 척을
이어 다리를 만들었는데
조금의 빈틈도 없이 가지런했다.
자세히 보니 널빤지를 위에 깔고
팔뚝만 한 쇠줄로 좌우를 눌러주었다.
다시 대천을 건널 때도 배다리로
건넜는데 앞의 것보다는 조금 좁았다.

– 성대중의 『일본록』 중에서

나는 입술을 깨물었습니다. 통신사 일행 중에서도 아는 것이 많기로 소문난 성대중이었습니다. 궁궐 안의 일부터 산골 촌부의 일상에 이르기까지 조선 천지의 이야깃거리들은 모두 그의 머리에 저장되어 있다는 소문까지 있을 정도였으니까요. 그의 표정으로 볼 때 그는 내 아버지에게 일어난 일을 알고 있는 것이 분명했습니다. 솔직하게 말하렵니다. 죽은 아버지의 평판 따위는 어차피 내 관심사가 아니었습니다. 다만 내가 두려워하는 것은 사람들이 나를 그 아버지의 그 아들로 여기는 것입니다. 얼굴 한 번 본 적 없는 아버지입니다. 그런 아버지가 아들의 길을 막는 것이 과연 옳은 일입니까, 하고 나는 속으로 외쳤습니다.

알 만한 사람은 다 알고 있는 그 유명한 사건의 실체를 내가 안 것은 사실 오래 전의 일은 아니었습니다. 어처구니없게 들리겠지만 통신사로 떠나기 전날에야 나는 사건의 전말을 온전히 파악했으니까요. 물론 그 이전에도 어머니와 할머니를 통해 부분적으로 이야기를 듣기는 했습니다. 이제는 저승 사람인 두 사람이 들려주는 이야기는 같은 듯 달랐습니다. 어머니는 아버지가 칼에 맞았다고 했고, 할머니는 아버지가 싸움에 휘말린 뒤 시름시름 앓다 죽었다고 했습니다. 내용은 달랐지만 두 사람의 반응은 비슷했습니다. 이야기 끝에는 항상 눈물이 묻어 나왔습니다. 내 소맷부리에 떨어진 여인네들의 찝찌레한 눈물은 어린 내 마음을 사정없이 뒤흔들었지요. 하지만 그것도 처음 한두 번의 일입니다. 손가락에 굳은살이 박이듯 한 해 두 해 나이를 먹어 감에 따라 내 마음도 점점 단단해졌습니다. 언제부터인가는 아버지에 대한 이야기를 들어도 하나도 슬프지 않았습니다. 슬픔이 사라진 자리를 짜증과 분노가 차지했습니다. 내가 변하자 어머니와 할머니도 달라졌습니다. 내 굳은 얼굴을 본 그들은 더 이상 내 앞에서 아버지 이야기를 꺼내지 않았습니다.

할아버지는 달랐습니다. 할아버지에게 있어 아버지란 존재는 처음부터 없는 것이나 마찬가지였습니다. 나 또한 할아버지에게 아무것도 묻지 않았습니다. 하지만 하나뿐인 손자가 떠난다고 하자 술에 젖어 살던 정신 한구석이 슬며시 깨어났던 모양입니다. 그는 내 앞에서 오래된 마늘장아찌처럼 스스로의 심장으로 내내 곰삭혔을 말을 털어놓았던 것이지요.

"네 아비가 어떻게 죽었는지 아느냐?"

"정확히는 모릅니다."

"그렇담 똑똑히 들어. 두 번 다시 네 아비의 일이 내 입에서 나올 일은 없을 테니. 흐흠, 네 아비도 너처럼 왜관에를 다녔다."

그랬겠지요. 아버지도 어쩔 수 없는 부산 사람이었을 테니 말입니다.

"처음 한두 해는 착실히 일본어를 배우는 듯했다. 하지만 네 할미에게서 비롯되었던 얄팍하고 진중하지 못한 속성은 숨길 수가 없었지. 네 아비는 왜놈들과 밀무역을 하기 시작했어. 번쩍이는 재물을 거슴츠레 바라보다 그만 눈이 멀어 버린 것이다."

할머니가 어디가 어때서 그러느냐는 말이 튀어나오려 했지만 꾹 참았습니다. 이야기의 핵심은 그게 아니었으니까요. 두서도 없고 맥락도 없이 오랜 시간 이어진 할아버지의 말을 간단하게 정리해 보렵니다. 아버지가 밀무역의 대상으로 삼은 것은 물소 뿔이었습니다. 물소 뿔, 그것은 튼튼한 조선 활을 만드는 데 있어 꼭 필요한 물건이었습니다. 조선은 왜관을 통해 안남(베트남) 등에서 들어오는 물소 뿔을 수입했습니다. 하지만 워낙 인기 있는 품목이다 보니 물소 뿔은 늘 공급이 수요를 따라가지 못했습니다. 물소 뿔의 값은 차츰 올라갔고, 뒤로 빼돌려 파는 것이 국가에 공급하는 것보다 이윤이 많이 남는다는 것을 안 역관들은 밀무역을 시도했습니다. 단속에 단속을 거듭해도 효과가 없자 나라에서는 1년에 물소 뿔 400통만을 바치도록 하고 나머지는 역관들이 자유롭게 팔도록 허가했습니다. 하지만 그 400통마저 제대로 지켜지지 않았습니다. 역관들은 교묘한 핑계를 대 나라에 바치는 양을 줄였고, 그렇게 빼돌린 물소 뿔을 사사로이 팔아 재산을 모았습니다. 남들이 다 하는 것이라 아버지도 빠질 수는 없었던 것 같습니다. 하지만 아버지가 모르는 것이 하나 있었습니다, 밀무역에서 제일 중요한 것은 동업자와의 신의라는 사실을. 아버지는 욕심은 많고 인정에는 인색했던 모양입니다. 달빛도 희미한 그믐날 밤, 아버지는 죽었습니다. 아버지의 가슴에 꽂혀 있던 것은 자신이 그토록 애지중지했던 물소 뿔이었습니다.

"네 아비는 그렇게 죽었다. 제 놈이 자식보다 중히 여기던 것에 죽었으니 저승에서도 허전하지는 않을 것이다."

듣고 보니 새로울 것은 없는 이야기였습니다. 칼에 맞아 죽은 것이나 시름시름 앓다 죽은 것과 하나도 다르지 않았지요. 그만한 이야기라면 비밀 축에도 들지 못했습니다. 그걸 비밀이라고 품에 꼭꼭 넣고 살아왔던 할아버지를 향해 피식 웃음을 터뜨리고 싶었습니다. 하지만 나는 그렇게 하지 않았습니다. 왠지 가슴 한쪽이 허전했습니다. 문풍지에 구멍이 뚫리듯, 그 뚫린 구멍으로 황소바람이 들어오듯, 속이 싸하게 아려 왔습니다. 추운 날 오줌이 빠져나갈 때처럼 으스스하면서도 더러운 기분이었지요. 손바닥으로 괜한 가슴만 세게 문질렀습니다. 할아버지는 못을 박듯 한마디를 더 보탰습니다.

"조심하거라. 똑바로 살아. 부탁이니, 제발 네 아비처럼 되지는 말란 말이다."

다행히 성대중은 아버지에 대해서는 한마디도 묻지 않았습니다. 아버지 이름을 듣는 사람의 얼굴에 스치곤 하는 불신, 혹은 어설픈 위로의 표정도 그에게서는 볼 수 없었습니다. 나의 난처한 처지를 배려하는 것이겠지요. 마음 씀씀이가 고맙기는 했지만 그렇다고 부끄러운 아버지를 두었다는 자궤의 마음마저 사라지지는 않았습니다. 기분 같아서는 나는 아버지와 다르다고 당장 소리치고 싶었습니다. 그러나 나 또한 구린 구석이 있는 건 마찬가지였습니다. 내 복잡한 마음을 아는 듯 모르는 듯 성대중은 무심한 목소리로 사건과 관련된 내용 몇 가지를 더 물었습니다.

"자네를 의심하는 것은 아니지만 일은 일이니 몇 가지 묻고 넘어가겠네."

"네."

"이번 살인 사건에 대해 알고 있는 것이 있나?"

"없습니다."

"최천종과 따로 만난 적은 있는가?"

"없습니다."

"인삼이나, 뭐 그런 걸 가져오진 않았겠지?"

"그런 일 없습니다. 목이 달아날 물건을 소지했을 리가 있겠습니까? 그건 국법을 무시하는 처사입니다. 제가 그런……."

"그만 됐네. 아까도 말했듯 자네를 의심하는 것은 아니니 흥분은 가라앉히게나. 혹 다른 이가 인삼을 소지한 것을 본 적은 없고?"

"없습니다."

"그렇다면 마지막으로 하나만 더 묻겠네."

마지막이라는 말에 나는 꼴깍 침을 삼켰습니다. 이 고비만 넘기면 나는 살 수 있을 것입니다.

"대마도에서 왜인들과 만난 적이 있는가?"

"네?"

"대마도에서 왜인들과 만난 적이 있냐고 물었네."

성대중이 도대체 어떻게 알았을까요? 혹시 그는 내가 인삼을 지녔던 것도 다 아는 것일까요? 재빨리 그의 눈치를 살폈지만 그의 속마음을 알 방법은 없었습니다. 나는 그냥 잡아떼기로 했습니다.

"그럴 리가 있겠습니까? 왜 그런 질문을 하시는지도 모르겠습니다. 제가 무엇하러 왜인을 만나겠습니까?"

성대중의 얼굴에 이상하다는 표정이 떠올랐습니다. 그의 질문이 이어졌습니다.

"자네가 대마도 숙소에서 혼자 빠져나가는 걸 본 사람이 있어."

"누굽니까? 저는 맹세코 그런 적이 없습니다."

"청유의 말이 맞습니다. 청유는 대마도에서 내내 저와 같이 있었으니까요."

뜻밖에도 이언진이 나를 거들었습니다. 성대중이 나와 이언진을 번갈아 보았습니다. 잠시 후 그가 결론을 내렸습니다.

"자네가 함께 있었다면 그것으로 되었네. 그 사람도 확실하지는 않다고 했으니."

그 말을 끝으로 성대중은 자리에서 일어났습니다. 나는 혹시나 싶어 한 번 더 잡아뗐지요.

"저는 정말 결백합니다. 그러니까……."

"신경 쓰지 말게. 일이 워낙 커지다 보니까 이유도 없이 다른 사람들을 걸고넘어지는 경우가 종종 있어."

성대중은 사람 좋은 웃음을 지으며 오히려 나를 두둔했습니다.

그가 나간 뒤에도 나는 한동안 안절부절못했습니다. 그냥 인삼을 가져오지 않았다고 하면 그만인데 구구절절 변명한 것부터, 이언진이 편을 들었는데 또 한 번 변명한 것까지 다 마음에 걸렸습니다. 인삼, 그놈의 인삼이 문제였습니다. 조선에 무사히 돌아가기만 하면 앞으로 인삼은 고사하고 도라지도 손대지 않겠다고 속으로 다짐했습니다. 그런 식으로 머릿속을 정리한 뒤에야 비로소 이언진에게 말했습니다.

"고맙습니다."

"고맙기는. 네가 나와 함께 있었던 것은 사실이지 않으냐?"

하긴, 그건 틀림없는 사실입니다. 비록 그 장소가 숙소는 아니었지만 말입니다. 이언진은 내 고민은 아랑곳하지 않는 듯 다른 주제를 끄집어냈습니다.

"서기 나리에 대해 어떻게 생각하느냐?"

"서기 나리요? 참으로 이상하신 분입니다. 심문은 제대로 하지도 않으시고 엉뚱하게도 시 이야기만 잔뜩 하다가 가시니…….."

"그렇게 보이느냐?"

"그렇고말고요. 거기에다 부자가 되는 시가 따로 있다니 무슨 말씀이신지 도통 모르겠습니다. 정말 시를 잘 쓰면 부자가 되기도 한답니까?"

"왜, 그렇다면 한번 배워 보겠느냐?"

"정말 부자가 될 수 있다면…….."

"하하, 그렇지는 않을 게다. 말하자면 그렇다는 것이지."

"그럼 그렇게 말씀하실 것이지…….."

투덜거리는 내 모습이 우습게 보였는지 이언진은 한참 동안 웃음을 머금고 있었습니다. 어린애 취급하는 게 마음에 안 들었지만 기분이 그리 나쁘지는 않았습니다.

"조금 답답한 면이 있기는 해도 좋은 분이다."

"네?"

"통신사 일행 중에서 나를 진정으로 아끼는 사람은 서기 나리 뿐이다."

"그런가요? 그런데 왜 그리 다투십니까?"

나의 질문에 대답하는 대신 이언진은 이번에도 새로운 주제를 꺼내 들었습니다.

"청유야, 하나 물어보자."

"네."

"너에게 일본이란 무엇이냐?"

"네?"

"너는 도대체 왜 일본에 왔느냐 이 말이다. 네가 원해서 온 일본이다. 일본에 대한 생각과 기대가 없었다면 가능하지 않았겠지. 네가 하는 짓을 보면 네가 어떤 답을 할지도 알 것 같다. 그래도 네 입에서 나오는 소리를 듣고 싶구나."

이언진은 늘 이런 식이었습니다. 말없이 있다가 갑자기 정곡을 찌르는 질문들을 계속해서 던지는 것 말입니다. 일본에 온 이유라, 그것보다 답하기 쉬운 질문은 없었습니다. 부끄러운 아버지를 두었다는 비밀도 드러난 이상 더 이상 숨기고 말고 할 것도 없었지요. 나는 그가 짐작했을 그대로의 답을 꺼내 놓았습니다.

"부자가 되기 위해서입니다."

"일본어를 배운 것도 부자가 되기 위해서냐?"

"네."

"그렇다면 부자가 되어서 무엇을 하려고 하느냐?"

참으로 어처구니없는 질문이었습니다. 이언진은 가난이라고
는 도통 모르고 자란 모양입니다. 배를 쫄쫄 곯으면서도 가마솥
에 쌀 한 톨 부어 밥을 지을 수 없는 그 참담한 심정을 알고 있
다면 그런 질문은 하지 못할 텐데요. 나는 샐쭉거리며 대답했습
니다.

"무식한 제가 무엇을 알겠습니까? 하지만 부자가 되어 나쁠
것은 하나도 없겠지요."

"너의 대답에 뼈가 있구나."

"죄송합니다. 하지만 생각해 보세요. 설명하고 말 것도 없습
니다. 가난한 사람이 부자가 되고 싶다는 게 뭐가 그리 잘못입
니까?"

이언진이 내 눈을 뚫어져라 쳐다보았습니다. 나도 그의 눈길
을 피하지 않았습니다. 잠시 후 이언진은 고개를 젓고는 눈을
감았지요. 나를 낮춰 보는 듯한 이언진의 태도가 조금은 거슬렸
습니다. 나는 그에게 똑같은 질문을 던져 반격을 했습니다.

"나리, 그럼 나리에게 일본이란 무엇입니까?"

이언진은 꿈쩍도 하지 않았습니다. 질문을 듣지 못한 것인지, 무시하는 것인지 알 수가 없었습니다. 슬슬 화가 나기 시작했습니다.

"나리, 나리에게 일본이란 무엇이냐고요?"

나를 보는 이언진의 얼굴이 조금 붉어진 것 같았습니다. 나는 내가 내뱉은 말을 후회했습니다. 조금 참았어야 했는데 이놈의 입이 방정이었습니다. 하지만 그는 나를 혼낼 생각은 없는 것 같았습니다. 입가에 머금은 웃음이 그 증거였지요.

"이마두利瑪竇라는 이에 대해 들어 본 적이 있느냐?"

이마두, 그는 내게 익숙한 이름이었습니다. 떠나오기 전에 나는 연희의 아버지이자 부산 최대의 거부인 역관 이정에게 인사를 하러 갔습니다. 그의 사랑방에는 지도가 그려진 여덟 폭 병풍이 있었습니다. 수많은 나라가 울긋불긋한 색채로 그려져 있었고, 여백에는 이름 모를 새와 동물 들이 자리 잡았습니다. 나의 마음을 읽은 이정이 지도에 대해 알려주었습니다. 지도의 이름은 〈곤여 만국 전도〉였고, 그 지도를 만든 이는 청나라의 이마두였습니다. 괴상한 이름에서 짐작이 가듯 그는 처음부터 청나라 사람은 아니었지요. 이마두의 원이름은 마테오 리치인데 서학을 전파하러 서양에서 청나라로 왔다 했습니다. 그런 뒤 이어진 이정의 당부도 여태껏 생생하게 머리에 남아 있었습니다.

"바다를 건너서 본 것들을 네 마음에 새겨라. 조선은 일본을 왜라 부르며 무시하지만 너까지 그래서는 안 된다. 일본은 서양 것들을 앞장서서 받아들이고 있어. 언젠가는 그것들이 세상을 지배하고 뒤흔들 게 확실해."

마마 귀신 같은 이름의 이마두가 이정에게서, 그리고 이언진에게서 튀어나오는 것을 보면 아마도 무척이나 중요한 사람인 모양입니다. 그의 말이 이어졌습니다.

"이마두의 〈곤여 만국 전도〉에는 지구의 온갖 나라가 그려져 있다. 그게 무슨 뜻인 줄 알고 있느냐?"

이언진은 대답할 틈을 주지 않았습니다. 그는 더 이상 나를 보고 있지 않았습니다. 나와 대화를 나누고 있지만 실제로는 스스로에게 말을 하고 있는 격이었습니다.

"이 세계에 청나라만 있는 것이 아니라는 뜻이다. 아란타(네덜란드)가 있고, 포도아(포르투갈)가 있고, 로서아(러시아)가 있고, 그 밖에도 별처럼 많은 나라가 바다 너머에 자리하고 있다는 뜻이다. 알겠느냐?"

"네."

"장기長埼(나가사키) 앞바다의 출도出島(데지마)에는 아란타 상인들이 집단으로 머물고 있어. 왜인들은 아란타 상인들을 통해 서양의 문물들을 받아들이고 있지. 그런데 우리 조선은 어떠한 줄 아느냐? 청, 일본과 교역하는 것 말고는 아무것도 받아들이지 않은 채 빗장을 꼭꼭 걸어 잠그고 있지 않더냐? 그나마 교역이라는 것도 생필품이나 주고받는 한심한 수준이고 말이야. 그래서는 안 된다. 세상은 변하고 있는데 조선은 제자리에 머물러 있다. 지금은 괜찮을지 몰라도 언젠가는 굼뜨고 뒤처진 대가를 톡톡히 치르게 되겠지."

아란타니 포도아니 로서아니 하는 나라들은 처음으로 들어 보는 나라들이었습니다. 조선과 청과 일본, 그것이 내가 아는 세계의 전부였습니다. 발음도 제대로 되지 않는 멀고 낯선 나라들의 이름을 들으니 이상하게도 가슴이 벅차오르는 기분이었습니다. 인삼 때문에 잔뜩 쪼그라들고 메말랐던 가슴이 찬물이라도 마신 듯 시원해졌지요. 어느덧 이언진의 혼잣말도 끝나 있었습니다. 이언진의 영향을 받은 나는 벽에 기대어 일본에서 놀랐던 것 몇 가지를 얼른 머리에 떠올려 보았습니다.

수차를 본 것은 강호의 길목인 정포淀浦(요도우라)에서였습니다. 왜인들이 말을 준비하기 위해 이리저리 바쁘게 움직이는 동안 조선 사람들은 그 넓은 성에서 유독 한군데에 몰려 있었습니다. 성 밖에는 두 대의 수차가 있었습니다. 꼭 물레처럼 생겼는데 몇십 개의 널이 끝에 달려 있었지요. 강물이 그 널을 밀면 물레가 돌고 그러면 다시 널 끝에 달린 통에 물이 담겼습니다. 그 통이 돌다가 위쪽의 말뚝에 걸리면 물이 성안으로 쏟아지는 것이었습니다. 사람들이 감탄하며 말을 주고받았지요.

"야, 저것만 있으면 여름 내내 비를 기다리느라 목을 쭉 빼고 하늘만 볼 일도 없어지겠구나."

"그러게 말일세. 기우제를 안 지내도 되겠어."

배다리도 인상적이었습니다. 배다리는 말 그대로 배로 만든 다리였습니다. 명호옥鳴護屋(나고야)을 지나려면 세 개의 크고 작은 냇물을 통과해야 했습니다. 말을 타고 지나가기엔 조금 깊어 보였는데 가까이 가 보니 다리가 있는 것 아니겠습니까. 그것도 배로 된 다리가 말입니다. 곁에 있던 왜인 하나가 조금은 자랑스러운 표정으로 도착하기 하루 전에야 겨우 설치가 끝났다고 설명했습니다. 안전하다는 말을 덧붙였지만 믿기지 않았습니다. 배가 뒤집히면 어떡하나 하는 걱정이 앞섰던 것이지요. 결국 왜인들이 먼저 말을 타고 건너갔습니다. 그 무거운 말들이 지나가는 데에도 배다리는 조금 흔들리기만 할 뿐 튼튼히 버티고 있었습니다.

하지만 무엇보다 인상적인 건 강호라는 도시였습니다. 소문난 잔치에 먹을 것 없다는 속담도 있지만 강호는 그렇지 않았습니다. 강호는 소문 그대로였고, 오히려 소문 그 이상이었습니다. 하지만 지금 기억에 남는 건 강호의 화려함이 아니라 무서움이었습니다. 강호에 들어서면 가장 먼저 만나게 되는 것이 제방입니다. 제방은 바닷가를 따라 몇십 리나 이어져 있었는데, 그 안에는 수백 척의 배가 정박해 있었습니다. 이언진의 말에 따르면 제비처럼 날렵하게 생긴 그 배들은 모두 전쟁에 쓰이는 것들이었습니다. 왜인들은 조선 사람들을 보면 비굴할 정도로 고개를 조아리며 시문을 달라고 합니다. 하지만 자신을 지키고 실력을 키우는 데는 철저했습니다. 평화를 도모하기 위한 통신사와 수많은 전쟁용 배들, 서로 상충되는 듯한 그 모습이 오랫동안 기억에 남았습니다.

그러고 보면 일본은 참으로 알 수 없는 나라였습니다. 사람들은 야만적이었지만 문물은 빼어났습니다. 어수룩해 보이지만 실속을 챙기는 데는 빨랐습니다. 조선과는 반대였지요. 만약에 두 나라 중 하나를 고를 수 있다면 나는 어느 나라를 택할 건가 하는 엉뚱한 생각이 들었습니다. 지금 같아서야 연희가 있는 조선을 떠날 마음은 털끝만큼도 없었습니다. 하지만 일본에서는 나 같은 한심덩어리도 약삭빠르게 움직이기만 하면 뜻을 펼칠 수 있을 거라는 생각도 한편으로는 들었지요. 조금은 엉뚱한 상상에 빠져 있는 나를 현실로 불러낸 것은 이언진이었습니다.

"그런데 청유야, 혹시 이정이라는 사람을 아느냐?"

대마도에서 생긴 일

대마도주와 이정암以酊庵의 장로長老가
항구로 나와서 맞이하였는데
배의 휘장과 깃털 장식이 마치
신선의 수레처럼 화려하게 꾸며져 있었다.
그런 것을 보기는 생전 처음이었다.
주위를 보니 모두 같은 생각인 듯
얼굴을 찌푸리고들 있었다.
이날 160리를 갔다.
서산사에서 묵었다.

– 성대중의 『일본록』 중에서

이정. 내게는 연희의 아버지라는 이유만으로도 그리움을 불러일으키던 이름입니다. 처음 이정의 이름이 나온 뒤 며칠이 지나 나는 이언진에게서 이정에 관한 비밀을 들었습니다. 그리고 그 이야기를 할아버지에게서 들었던 것과 비교하였고요. 그리움이 온통 슬픔으로 변해 버리는 순간이었지요. 아, 나는 여기서 이야기의 호흡을 잠깐 멈추렵니다. 아직 나는 그의 정체를 밝힐 준비가 되지 않았습니다. 한때 아버지처럼 여겼던 사람입니다. 내가 본받기 위해 애썼던 사람입니다. 그 사람의 실체를 인정하기란 모든 것이 다 끝난 지금도 쉽지만은 않습니다. 대신 나의 과거에 대한 이야기를 조금 털어놓도록 하겠습니다. 지금껏 나는 내가 어떻게 통신사에 뽑히게 되었는지, 그리고 왜 인삼을 몰래 숨겨 일본에 왔는지에 대해 거의 설명하지 않았습니다. 내 과거 따위야 별로 중요하지 않다고 생각했기 때문입니다. 하지만 이제 그 이야기를 하고 넘어가렵니다. 과거를 온전하게 정리하고 넘어가야 이정의 이야기를 할 수 있는 용기를 얻을 것 같습니다.

여기 새로운 인물이 하나 등장합니다. 그의 이름은 바로 장유한입니다. 장유한을 소개시켜 준 사람은 할아버지였습니다. 할아버지는 한때 왜관에서 통역 일을 맡아하는 통사로 일한 적이 있었습니다. 아버지가 죽은 후 왜관 출입을 그만두었고, 동시에 일본어를 사용하는 것도 그만두었다는 말을 할머니에게서 들었지요. 그러나 할아버지의 사정은 조금도 궁금하지 않았습니다. 나는 일본어를 배우고 싶었습니다. 내게 필요한 것은 오직 일본어 실력이었으니까요. 나는 할아버지에게 매달렸습니다. 할아버지는 손자의 소망을 소중하게 여기는 사람은 아니었습니다. 애걸과 협박을 섞어 여러 차례 부탁했건만 가타부타 말도 하지 않는 것이 보통이었지요. 하지만 통신사 일행이 떠나기 일 년 전 어느 날 할아버지는 갑자기 태도를 바꾸었습니다. 다른 날과 마찬가지로 잔뜩 술에 취해 돌아온 할아버지가 갑자기 나를 부르더니 이렇게 물은 것입니다.
"왜 하필 일본어냐?"
오랫동안 기다렸던 기회였습니다. 나는 주저 없이 이날을 위해 오래토록 준비했던 대답을 했습니다.
"이정 어른 같은 큰 부자가 되고 싶습니다."

앞에서도 말했지만 역관 출신의 이정은 부산에서 소문난 부자였고, 내가 자나 깨나 마음에 두고 있는 연희의 아버지이기도 했습니다. 거기에 더해 죽은 아버지의 유일한 친구이기도 했습니다. 대답을 들은 할아버지의 눈매가 조각달처럼 이지러졌습니다. 심기가 편치 않다는 표시였지요. 나는 이해가 되지 않았습니다. 평생을 술과 담배에 절어 살아온 할아버지였습니다. 그 덕분에 돈이 궁해 여기저기 손 벌리고 다니는 게 일과처럼 되어버린 할아버지였습니다. 그러니 기특한 생각을 하는 손자를 칭찬하며 머리를 쓰다듬어 주어야 마땅했습니다. 할아버지의 반응을 이해할 수 없었지만 머뭇거려서는 안 되었습니다. 말은 처음 꺼내기가 어려운 법입니다. 말문이 트인 이상 끝까지 가야 했습니다.

"역관이 되어서 많은 재물을 모으고 싶다니까요. 남들 앞에서 기죽지 않고 떵떵거리며 살고 싶기도 하고요. 물론 할아버지도 잘 모실 겁니다."

할아버지가 퀭한 눈으로 나를 쳐다보았습니다. 기분이 나빠졌지요. 어느 모로 보나 하나뿐인 손자를 대하는 다정한 눈빛은 아니었으니까요.

"이정이 어떤 놈인지 정녕 모르겠느냐?"

이정을 놈이라고 부르는 걸 듣자 기분이 완전히 상했습니다. 나도 모르게 이정의 편을 들었습니다.

"부자인 데다가 성품도 훌륭한 어른인 것은 압니다. 계절이 바뀔 때마다 잊지 않고 곡식과 땔나무를 보내 주시는 것만 봐도 알 수 있지 않습니까?"

"그놈이 왜 그러는지에 대해서는 한 번도 생각해 본 적이 없겠지?"

"죽은 친구의 가족이니까 신경을 써 주시는 거겠지요."

마음속에 담아만 두었던 말을 뱉어 내고 나니 속이 다 시원했습니다. 여태껏 우리 집을 돕고 있다는 사실만으로도 그가 아버지와는 다른 사람이라는 것은 분명했습니다. 아, 어린 시절에는 그가 내 친아버지이기를 얼마나 많이 원했던지 모릅니다. 나는 내 말에 토씨 하나 틀린 것이 없다고 굳게 믿었습니다. 할아버지도 결국 내 말을 받아들인 모양이었습니다. "못난 녀석."이라는 말을 내뱉고 돌아서기는 했지만 그로부터 일주일 뒤 왜관에서 소통사로 일한다는 장유한을 소개시켜 준 걸 보면 말입니다.

장유한의 손에 이끌려 들어간 초량 왜관의 첫인상은 평생 잊을 수 없습니다. 초량 왜관, 그곳은 부산 바닥이 세상의 전부인 줄로 알고 자라 온 나에게는 새로운 세상이었습니다. 왜관은 생각보다 훨씬 넓었습니다. 장유한은 왜관의 전체 면적이 10만 평에 달한다고 떠벌렸지요. 자랑삼아 하는 말이었으나 듣는 나는 은근히 부아가 났습니다. 부산의 요긴한 땅을 온통 왜인들에게 내준 셈이었으니까요.

왜관은 신기한 곳이기도 했습니다. 가장 먼저 나를 사로잡은 것은 왜인들의 옷이었습니다. 미끈한 비단으로 만든 옷에는 별무늬, 꽃무늬가 아름답게 그려져 있었지요. 가난한 집에 태어나 끼니 챙겨먹기에도 바빴던 나였습니다. 비단옷을 입는 것은 꿈에서나 가능한 호사였습니다. 내 시선이 머무르는 것을 눈치 챈 장유한이 옆구리를 찌르며 "조선인들 보라고 일부러 입고 다니는 것이지. 술이 거나해지면 오랑캐 본색이 드러나. 거시기만 겨우 가린 훈도시(앞뒤로 긴 천을 늘어뜨린 일본의 전통 속옷) 차림에도 부끄러운 줄 모르고 좋아서 나다닌다니까." 하고 제대로 흥을 깨는 말을 해도 잘 차려입은 왜인들에 대한 경외감은 좀처럼 사라지지 않았습니다.

비단옷에 익숙해질 무렵에야 왜인들의 머리와 긴 칼이 눈에 들어왔습니다. 왜인들은 모두 하나같이 꼭뒤만 조금 남겨 놓고 나머지 머리를 빡빡 깎은 기묘한 머리 꼴을 하고 있었습니다. 허리에는 바닥에 닿을 정도로 긴 칼을 차고 다녔지요. 알록달록한 옷을 입은 무사 인형이 사람 흉내를 내며 걸어 다니는 걸 생각하면 꼭 맞았습니다. 거기다가 목소리는 왜 그리 경망스러운지요. 원숭이처럼 요란하게 지껄이는 소리가 꼭 귓불을 쇠꼬챙이로 마구 잡아당기는 것만 같았습니다. 정나미 떨어지는 그 소리에 나도 모르게 손가락을 들어 귓불을 박박박 긁던 것이 여러 번이었습니다.

장유한은 바쁜 사람이었습니다. 할아버지의 청을 못 이겨 받아들이기는 했어도 나를 붙잡고 일본어를 가르칠 생각은 전혀 없는 것 같았습니다. 그가 한 일이라고는 나를 만난 첫날 왜관 구석구석을 버르집으며 구경시켜 준 것과 일본어 학습 교재인 다 낡아 빠진 『첩해신어』를 던져 준 일뿐이었습니다. 어차피 그 이상을 기대했던 것은 아니었기에 별로 상처받지는 않았습니다. 나는 볕이 잘 드는 왜관의 한구석을 공부방 삼아 홀로 『첩해신어』를 공부하기 시작했습니다. 처음에는 읽기도 어려웠지만 엉덩이를 바닥에 붙인 채 눈을 부릅뜨고 책을 읽다 보니 차츰 재미가 붙었습니다. 아침에 장유한을 따라 왜관에 들어갔다가 지렁이가 기어가는 듯한 히라가나에 파묻혀 지내다 보면 어느새 하루해가 다 가곤 했지요.

그러던 어느 날이었습니다. 왜관에 들어가기 무섭게 사라지던 장유한이 그날은 능글맞은 웃음을 지으며 내 곁을 떠나지 않았습니다. 그간 살펴본 바에 의하면 그는 이유 없는 행동을 할 사람이 아니었습니다. 눈초리가 처진 작은 눈은 항상 웃는 표정이었지만 그 속은 의주의 칼날 바람보다도 더 매섭고 고약하다는 것을, 눈치 빠른 나는 진작 파악했습니다.

"너, 혹시 통신사라고 들어 보았느냐?"

맑은 날이면 맨눈으로도 대마도를 볼 수 있는 곳이 부산입니다. 그런 곳에 살면서 통신사를 모를 수는 없었습니다. 마지막 통신사 일행이 일본을 다녀온 것은 내가 태어나기도 전이었습니다. 하지만 그때 통신사로 뽑혔던 역관 누구누구가 일본에서 한몫을 단단히 잡았고, 그 덕에 제대로 떵떵거리며 사는 부자가 되었다는 말은 전설처럼 바닷가를 샅샅이 훑고 다녔습니다. 통신사라는 말에 나는 온몸에 열이 오르는 듯한 느낌을 맛보았습니다. 다른 한편으로는 궁금하기도 했습니다. 도대체 장유한은 왜 내 앞에서 통신사 이야기를 꺼내는 것일까요.

"일본의 관백關白(일본의 실질적인 최고 집권자. 쇼군이라고도 함)이 새로 바뀌어서 통신사를 보낸다더라. 소통사로 좀 끼어 보려고 했더니만 이미 정원이 다 찼다는구나. 오호통재라, 한 해만 더 소통사 일을 했어도 내 차례까지 왔을 텐데 말이다."

장유한은 입술을 삐죽이 내밀고는 그 사이로 침을 뱉었습니다. 내 쪽을 향해 날아오는 침을 피하기 위해 슬쩍 자리를 옮기자 그는 비웃듯 입술 끝을 살짝 올렸습니다. 그는 혀를 내밀어 입술에 침을 바르고는 뒤돌아섰습니다. 이상했습니다. 아쉽다는 말을 하기 위해 나를 붙잡은 것은 아니겠지요. 주먹으로 이마를 두드리며 생각을 모으려 애썼습니다. 작은 불꽃 하나가 머릿속에서 반짝했습니다. 불꽃이 채 사라지기 전에 나는 큰 소리로 그를 불렀습니다. 일부러 느릿느릿 걸어가던 그가 기다렸다는 듯 재빨리 돌아섰습니다.

"무슨 일이냐?"

"저도 일본에 가고 싶습니다."

"이미 늦었다. 갈 사람은 이미 다 결정이 되었어."

"한 번만 기회를 주세요."

나는 장유한 앞에 무릎을 꿇었습니다. 이대로 기회를 흘려보낼 수는 없었습니다. 다음번 통신사가 언제 있을지는 그 누구도 모르는 일이었습니다. 연희를 생각해서라도 도저히 그냥 흘려보낼 수 없었습니다. 연희를 각시로 맞는 것은 나의 비밀한 꿈이었습니다. 그러나 빈털터리 주제에 그 소원을 이룰 수는 없지요. 차라리 맨손으로 고래 잡는 게 훨씬 더 쉬울 것입니다. 그가 나직한 목소리로 물었습니다.

"내가 너를 위해 애쓰는 대가는 무엇이냐?"

대가라, 그 말을 들으니 한숨부터 나왔습니다. 원래부터 가난한 집안이었습니다. 남은 세간 또한 담배와 술값을 대기 위해 할아버지가 곶감 빼먹듯 하고 있는 판이었습니다. 장유한에게 대가로 지불할 만한 것이 있을 리가 없었지요. 나는 무작정 빌기 시작했습니다.

"일본에서 얻는 것들 중에 알짜배기를 드릴게요. 이것저것 수입이 제법 짭짤하다는 이야기를 들었습니다. 그것들을 드릴게요."

"그건 다 옛날 이야기다."

"제발, 도와주세요."

"그렇게 일본에 가고 싶으냐?"

"네."

"정 그렇다면, 기다려 보거라."

장유한은 무심한 듯 툭 말을 던지고는 재빨리 내 앞을 떠났습니다. 흥분을 가라앉히려고 심호흡을 했습니다. 왠지 나에게도 기회가 올 것 같은 기분이었습니다.

며칠 후 장유한은 왜관에 들어서자마자 나를 보며 실실 웃었습니다.

"청유 너, 나한테 고마워해야 한다."

"제가 뽑혔나요?"

"그래, 통신사 일행에 너도 포함이 되었어. 이언진인가 김언진인가 하는 한어 역관을 보좌하는 임무를 맡게 되었단 말이다. 널 끼워 넣기 위해서 내가 얼마나 애썼는지는 알겠지? 엄밀히 말하면 『첩해신어』도 제대로 떼지 않은 너는 자격 미달도 한참 미달인데, 흐흠."

통신사에 포함되었다니, 방금 들은 말이지만 도무지 믿기지가 않았습니다. 나는 떨리는 목소리로 물었습니다.

"정말, 제가 뽑혔나요?"

"정말이고말고. 머리에 피도 안 마른 너에게 천하의 장유한이 거짓말이라도 한다는 말이냐?"

"아닙니다. 그런 건 아니고요."

"그건 그렇고."

장유한은 좌우를 살피더니 나를 끌고 건물 뒤편 그늘진 곳으로 갔습니다. 그의 얼굴에서는 실실대던 웃음이 어느새 사라져 있었습니다. 나도 모르게 바짝 긴장했습니다. 내가 원하는 것을 주었으니 이제 그가 원하는 것을 요구할 차례였지요. 그는 내 뾰족 귀를 잡더니 기름진 목소리를 흘려 넣었습니다.

"지금부터 내가 하는 말 똑똑히 새겨들어라."

"예."

"대가는 필요 없다. 너의 집안 형편을 보아하니 차라리 벼룩의 간을 빼먹는 게 낫겠다. 대신, 아주 간단한 심부름 하나만 해주면 된다. 알겠느냐?"

"예."

"며칠 뒤 너에게 물건을 하나 줄 것이다. 그 물건을 잘 간직하고 있다가 대마도에 가는 즉시 종문이라는 자에게 주어라. 알겠지?"

"물건이라 하면……."

"네가 알 것 없다."

"그렇다면 종문이라는 자는 어떻게 찾지요?"

"물건을 건넬 때 약도도 함께 줄 것이다."

"예."

"제대로 일을 처리만 하면 너도 한몫 쥐게 될 것이다. 쥐구멍에 쨍하고 볕이 드는 것이지. 하지만, 만에 하나 일을 그르쳤다 간 끝이다. 네 목숨이 위태로울 것이야. 아무리 어리고 철없어 도 목숨 귀한 줄은 알고 있겠지?"

정색하는 꼴을 보니 빈말은 아닌 듯싶었습니다. 장유한의 작 은 눈이 잘 벼린 칼날처럼 빛났습니다. 그는 그러고도 마음이 놓이지 않았는지 서너 차례 더 다짐을 받고서야 내 곁을 떠났습 니다. 그가 사라진 것을 확인한 뒤에야 참았던 큰 숨을 내쉬었 습니다. 나도 모르게 후후, 웃음이 나왔습니다. 마침내 내게도 기회란 놈이 찾아온 것입니다. 장유한의 심부름을 해야 한다는 사실이 꺼림칙했지만 통신사 일행에 포함된 기쁨에 비하면 그것 은 모기에 물린 상처로밖에는 여겨지지 않았습니다. 잔뜩 피를 빨게 내버려 두었다가 나중에 된장이나 처바르면 그만이었지요. 이제 연희를 각시로 맞을 길도 열렸습니다. 할아버지 또한 손자 하나 잘 둔 덕에 남은 인생은 제법 호강을 누리며 살게 될 것이 고요. 그래 봤자 술과 담배로 좋은 시절을 다 허비하고 말겠지 만 말입니다.

계미년癸未年(1763년) 10월 6일, 마침내 통신사 일행은 부산 을 출발했고, 20일이 더 지난 뒤 대마도주가 살고 있는 부중府中 (대마도의 이즈하라)에 도착했습니다. 물론 내게는 중문이 살고 있는 곳이라는 게 더 중요했지요.

숙소는 서산사라는 절이었는데 수백 칸이 넘는 웅대한 규모를 자랑했습니다. 산속에 숨어 있듯 자리한 조선의 코딱지만 한 작은 절들만 보아온 나에게는 입이 쩍 벌어지는 새로운 경험이었습니다. 일행이 어느 정도 짐을 정리하자 저녁이 나왔습니다. 꿩구이, 대구찜같이 친숙한 것도 있었지만 이름 모를 것들이 더 많았습니다. 모양도 그럴 듯했고 냄새도 그럴 듯했습니다. 허기에 시달렸던 나는 주저 없이 젓가락을 내밀었습니다. 하지만 음식을 입에 넣자마자 얼굴을 찌푸리고 말았습니다. 모든 음식이 간이 덜 된 것처럼 밍밍했습니다. 게다가 꿩구이는 약간 덜 익은 듯했고요.

　"겉만 근사하고 속은 형편없는 것이 꼭 왜놈들 같구먼."

　누군가 조그마한 소리로 불만을 내뱉었습니다. 모두들 고개를 끄덕이며 그의 의견에 동조했습니다.

　식사를 마친 후 정사는 회의를 소집했습니다. 부사, 종사관, 제술관, 서기, 역관, 군관 등이 참여하는 회의였습니다. 첫 회의니만큼 금세 끝나지는 않을 것입니다. 하늘이 내려 주신 기회였습니다. 나는 짐을 정리하는 척하면서 주위를 살폈습니다. 이언진도 없는 마당에 나 따위 녀석에게 주의를 기울이는 사람은 없었습니다. 나는 보따리를 들고 슬쩍 자리에서 일어나 밖으로 나왔습니다.

　어두운 밤이었습니다. 석등에 켜진 불 몇 개만이 정원을 밝히고 있을 뿐이었습니다. 그래도 항구 쪽은 제법 환했습니다. 고기잡이배들의 불빛이었지요. 땅도 다르고 사람들도 달랐지만 그 불빛만은 친숙했습니다. 고향인 부산 앞바다의 밤을 밝히는 것도 고기잡이배들의 정겨운 불빛이었습니다. 고향 집의 뜨듯한 아랫목을 생각하자 눈물이 살짝 맺혔습니다. 어금니를 악물었습니다. 감상에 빠질 때가 아니었습니다. 내겐 할 일이 있었으니까요.

나는 보고 또 보아 어느덧 외우게 된 약도를 떠올렸습니다. 장유한이 물건을 건네며 함께 주었던 약도였습니다. 약도의 중심에는 서산사가 있었습니다. 아까 올라왔던 언덕을 내려가면 좌우 두 갈림길이 나옵니다. 중문을 만나려면 왼쪽 길로 들어서야 합니다. 그 길을 200보 정도 지나면 작은 언덕에 이르게 되고, 그 언덕에서 다시 왼쪽으로 조금만 더 가면 숲이 나옵니다. 중문은 그 숲의 입구에서 나를 기다리기로 되어 있었습니다. 갑작스럽게 피곤이 몰려왔습니다. 그냥 그 자리에 주저앉고 싶었습니다. 물건이니 중문이니 다 잊어버리고 다다미 바닥에 누워 잠이나 자고 싶었습니다. 하지만 그럴 수가 없었습니다. 내가 지닌 물건은 내 것이 아니라 장유한의 것이었으므로.

나는 주위를 둘러본 뒤 조심스럽게 발걸음을 내딛었습니다. 제일 으슥하고 만만한 담벼락을 골라 재빨리 넘었습니다. 출발부터 좋지 않았습니다. 무엇인가가 발에 걸리는 바람에 바닥에 나동그라졌습니다. 발을 내딛다 돌부리에 걸린 듯했습니다. 불에 댄 듯 발목이 뜨거웠지만 얼마나 다쳤는지 확인하고 있을 틈은 없었습니다. 별다른 기척이 없는 게 다행이었지요. 나는 조심스럽게 나무들을 헤치고 앞으로 나갔습니다. 나뭇가지들이 이마를 사정없이 때렸지만 입술을 꼭 다물어 신음 소리가 새 나가지 않도록 조심했습니다.

절에서 어느 정도 멀어진 다음에야 숲에서 나와 길을 따라 걸었습니다. 절을 떠난 지 얼마 되지 않았음에도 이미 내 몸은 땀으로 흠뻑 젖어 있었습니다. 목이 말랐습니다. 그러나 마실 물이 없었습니다. 참아야 했지요. 나는 계속해서 입술에 침을 바르며 걸었습니다. 마침내 갈림길이 나왔습니다. 그런데 문제가 생겼습니다. 갈림길이 둘이 아니라 셋이었습니다. 보따리를 뒤져 약도를 꺼냈지만 길을 확인하기에는 달빛이 너무 어두웠습니다. 그때였습니다. 어디선가 사람들의 목소리가 들리는 듯했습니다. 당황한 나는 보따리를 들고 잠시 멈칫거리다 맨 왼쪽 길로 향했습니다. 200보 이상을 걸었지만 내리막길만이 이어질 뿐 작은 언덕 같은 것은 나오지 않았습니다. 파도 소리가 가깝게 들려왔습니다. 아무래도 바다로 향하는 길인 모양이었지요. 되돌아서서 걷기로 했습니다. 앞쪽에서 인기척이 났습니다. 서너 명의 왜인들이 나를 향해 다가오고 있었습니다. 나는 들고 있던 보따리를 뒤로 숨기려다 당황한 탓에 놓치고 말았습니다.

떨어진 보따리를 다시 집어 들었지만 눈치 빠른 왜인들은 내게 수상한 물건이 있다는 것을 이미 눈치 챘습니다.

왜인들의 발걸음이 빨라졌습니다. 나는 다시 돌아서서 걸었습니다. 흘끗 뒤를 보았습니다. 왜인들과의 간격은 점점 좁아지고 있었습니다. 보따리를 든 손에 힘을 주고는 아예 뛰기 시작했습니다. 그렇지만 내 뜀박질 실력으로는 지리에 익숙한 대마도의 건장한 성인들을 따돌리기란 불가능했습니다. 왜인들은 이내 나를 따라잡은 뒤 내 주위를 둘러쌌지요. 몸집이 가장 작은 왜인이 앞으로 나서더니 뭐라고 지껄였습니다. 긴장한 탓인지 그의 말을 하나도 알아들을 수가 없었습니다. 키가 껑충한 왜인이 괴성을 지르고는 손바닥을 자기 쪽으로 흔들었습니다. 나는 보따리를 더욱 세게 움켜쥐었습니다. 다른 것이라면 몰라도 보따리를 넘길 수는 없었습니다. 처음에 말을 걸었던 몸집 작은 왜인이 다시 뭐라고 말을 했습니다. 이번에는 그가 하는 말을 확실히 알아들을 수 있었습니다.

"목숨을 귀히 여긴다면 어서 내놔라."

"당신이 중문입니까?"

"그렇다."

"정말입니까?"

"그렇다니까! 빨리 내놔라."

그 말에는 짜증과 위협이 배어 있었습니다. 그가 중문이 아닌 것은 분명해 보였습니다. 내가 아무런 반응을 보이지 않자 그는 칼을 빼 들었습니다. 어둠 속에서도 칼날은 위협적인 빛을 드러냈습니다. 눈을 감고 그 자리에 주저앉았습니다. 연희의 얼굴이 떠올랐습니다. 나는 쥐도 새도 모르게 죽게 될 것입니다. 다시는 연희의 얼굴을 볼 수도 없을 것입니다. 물소 뿔에 찔려 죽은 아버지처럼 개죽음을 당하게 될 것입니다. 아버지의 배에 꽂힌 물소 뿔에는 붉은 피가 선명했습니다. 한 손으로는 보따리를 쥐고, 다른 한 손으로는 목덜미를 감싼 순간 갑자기 커다란 목소리가 사방에 울려 퍼졌습니다.

"이놈들, 물러서지 못하겠느냐?"

갑작스러운 조선말에 나는 감았던 눈을 번쩍 떴습니다. 내 눈이 올빼미처럼 커졌습니다. 왜인들 앞에 선 사람은 바로 이언진이었습니다. 어떻게 된 일일까요? 나의 놀라움 따위는 그의 눈에 들어오지 않는 것 같았습니다. 그는 자신이 하는 말을 통역하라고 지시했습니다.

"우리는 조선에서 온 통신사 일행이다. 우리에게 손댔다간 네놈들 목이 온전하지 않을 것이다."

더듬거리며 내뱉은 것이기는 해도 온전히 뜻을 전달한 내 말을 듣고도 왜인들은 피식 웃음을 지었을 뿐 선뜻 포위망을 풀지 않았습니다. 통신사라는 말도 놈들에게는 아무런 위협이 되지 않는 모양입니다. 이언진이 그들 앞으로 한 걸음 다가섰습니다.

"정녕 목숨이 아깝지 않단 말이냐?"

나는 그의 말을 재빠르게 일본어로 옮겼습니다. 그 순간 푸드득 소리와 함께 새 한 마리가 하늘로 날아올랐습니다. 어찌나 놀랐던지. 겁에 질려 힘이 쭉 빠졌던 탓에 하마터면 넘어질 뻔했지요. 몸집 작은 왜인이 칼로 바닥을 톡톡톡 쳤습니다. 칼날 끝에는 그의 고민이 담겨 있었습니다. 결정을 내린 그는 한 걸음 뒤로 물러나면서 칼집에 칼을 넣었습니다. 그가 다른 왜인들에게 손을 휘저으며 명령했습니다.

"가자."

말이 떨어지기 무섭게 왜인들은 재빨리 어둠 속으로 사라졌습니다. 왜인들이 물러갔음을 확인한 이언진은 무표정한 얼굴로 나를 보았습니다. 나는 보따리를 꼭 움켜쥔 뒤 고개를 숙였습니다.

"나리, 고맙습니다."

"회의를 마치고 보니 네가 없더구나. 네 보따리도 없는 걸 보고 무슨 일이 벌어졌구나, 하고 생각했다."

"죄송합니다."

이언진의 눈이 내 보따리를 향했습니다.

"그 물건이 무엇이냐?"

나는 고개를 들고 이언진을 보았습니다. 그는 이미 내가 가지고 있는 물건이 무엇인지 알고 있는 듯했습니다. 그가 알고 있다고 생각하니 이상하게도 더 이상 떨리지 않았습니다.

"인삼입니다."

"인삼인 줄은 나도 알고 있다. 도대체 어떻게 된 것이냐? 인삼을 불법으로 거래하다 들키면 목을 자르겠다던 정사의 말이 그저 장난으로 들리더냐?"

"왜관의 소통사가 떠맡긴 물건입니다. 인삼을 처분하다 걸려도 죽지만 처분하지 못해도 죽습니다."

"왜 그런 일을 떠맡았느냐?"

"이윤 중 일부를 제게 준다고 했습니다."

"허허, 꼭뒤에 피도 안 마른 어린놈이 하는 말 좀 보게. 그렇게 재물이 탐이 나더냐?"

"부자가 되고 싶습니다. 그뿐입니다."

"맹랑한 녀석."

"더 이상 드릴 말씀이 없습니다. 어서 저를 정사에게 넘기십시오."

모든 것을 포기한 듯한 내 말에 이언진의 말문이 막혔습니다. 한참 후에 그에게서 나온 말은 전혀 기대하지 않았던 뜻밖의 것이었습니다.

"인삼을 잘 챙겨 넣어라."

"예?"

"인삼은 돌아오는 길에 처분할 수 있을 것이다. 네 처지를 알았으니 오늘 일은 없었던 걸로 하겠다. 대신 조심해라. 그런 식으로 어수룩하게 행동했다가는 차라리 지금 목숨을 내놓는 것이 더 낫다."

나는 인삼을 챙겨 넣고는 이언진에게 머리를 조아렸습니다.

"은혜는 잊지 않겠습니다."

"은혜라, 그런데 은혜를 도대체 어떻게 갚을 것인고?"

뜻밖의 질문에 내가 머뭇거리자 이언진은 그대로 발걸음을 돌렸습니다. 할 말 잃은 나는 얌전히 그의 뒤를 따라 숙소로 갔습니다. 그 뒤로 나는 이언진의 말대로 늘 조심에 조심을 해 가며 인삼을 지켜 왔습니다. 하지만 재물 운은 처음부터 내게 없었던 게 분명했습니다. 생각지도 못했던 살인 사건이 일어나고, 그 와중에 결국은 인삼을 잃어버린 것을 보면 말입니다.

이언진의 글재주

금선 11척이 와서 맞이하더니
30리를 거슬러 올라가 대판성으로 들어갔다.
성의 안팎에는 백성들이 살고 있었는데
모두 27만 호에 이른다고 한다.
바다와 육지를 겸비한 도시로서,
풍신수길의 옛 도읍이기도 했다.
사람들의 하는 짓이 워낙 약고 교묘하여
장사치의 이권이 떼를 지어 모여드는 것이
나라 안에 제일이었다.

– 성대중의 『일본록』 중에서

이틀간의 심문을 통해서도 인삼의 흔적을 찾아내지 못하자 정사는 더 이상의 조사는 없다고 선언했습니다. 인삼을 몰래 숨겼던 사실이 드러날까 싶어 혼자서 발을 통통 굴렀던 나에게는 정말 다행스러운 일이었지요.

며칠이 더 지나자 살인 사건의 윤곽도 어느 정도 드러나기 시작했습니다. 물론 난관도 있었습니다. 처음에 수행 책임을 맡은 대마도 측은 몸을 사리며 비협조적인 태도를 취했습니다. 그러나 사건이 해결되기까지는 대판大阪(오사카)에서 한 발짝도 움직이지 않겠노라는 정사의 입장을 전해 듣고는 안되겠다 싶었던 모양입니다. 그들은 생각을 바꾸어 적극적으로 범인 색출 작업에 나섰습니다. 그 편이 오히려 자신들에게 유리하겠다 싶었던 것이지요. 공식적인 언급은 없었지만 대마도 통사인 영목전 장鈴木傳藏이 범인이라는 소문이 통신사 일행에 쫙 퍼졌습니다. 사건 직후 숙소에서 사라져 처음부터 가장 유력한 용의자로 지

목되었던 그는 대판 외곽에 있는 조그마한 절에 머물다 잡혔다고 합니다. 멀리 도망가지도 못한 것을 보면 그리 간이 큰 사람은 아니었던 모양입니다. 그런 소심쟁이가 어찌 그리 사람을 참혹하게 찔러 죽였을까요. 아무튼 범인이 잡혔다니 다행이었지만 그것으로 모든 문제가 다 끝나지는 않았습니다. 우선 그가 주장하는 범행 동기가 도무지 석연치 않았습니다. 영목전장이 살인을 결심한 것은 최천종이 죽기 전날 저녁 식사 때 벌어진 일 때문이었다고 합니다. 식사를 하려던 영목전장은 최천종을 붙잡고는 젓가락을 좀 달라고 했습니다. 그런데 최천종이 젓가락을 주지 않고 대신 말채찍으로 어깨를 때렸다는 것입니다. 믿기 어려웠습니다. 아무리 형편없는 인간이라고 해도 고작 어깨 몇 대를 맞았다고 사람을 죽인단 말입니까. 떠도는 이야기를 부지런히 모아다가 이언진에게 전달하자 그는 천천히 고개를 저었습니다.

"말도 안 되는 소리다. 아무래도 사건을 적당히 마무리 지으려 하나 보다."

"왜 그렇게 서두르는 걸까요?"

"배후에 거물이 있다는 증거 아니겠느냐?"

살인 사건 뒤에 젓가락을 둘러싼 원한 이상의 무엇이 있다는 것은 어리석은 나도 능히 짐작할 수 있는 일이었습니다. 하지만 다른 한편으로는 이런 생각도 들었습니다. 이제 와서 사건의 전말을 올바로 밝혀내는 것이 도대체 무슨 의미가 있겠는가 하는 생각 말입니다. 젓가락 때문이건 무엇 때문이건 최천종은 이미 죽었고, 나 또한 인삼을 잃어버렸습니다. 죽은 사람에 대해 이러쿵저러쿵 말하는 것은 죽은 사람에 대한 예의가 아니었습니다. 나는 인삼을 잃어버렸으니 이미 죗값은 치른 셈이었고요. 살인 사건에 대한 이야기는 이제 지겨웠습니다. 어서 집으로 돌아가 그리운 연희의 얼굴이라도 한번 봤으면 하는 것이 나의 솔직한 마음이었습니다.

　사람들의 생각 또한 나와 비슷한 것 같았지요. 심문이니 뭐니 해서 거의 일주일 동안 숙소 바깥으로 한 발짝도 나가지 못한 셈이었습니다. 무료한 생활에 지친 사람들이 슬슬 불만을 털어놓기 시작했습니다. 좁은 숙소 안에 사람을 가둬 놓고 꼼짝도 못하게 하고 있으니 감옥이나 마찬가지라는 말이 여기저기서 터져 나왔습니다. 죄를 지은 건 왜인인데 벌 받는 건 도리어 통신사 일행이라는 볼멘소리도 설득력을 얻고 있었습니다. 왜인들의 불만 또한 상당했습니다. 통신사 일행과의 교류는 그들에게 있어 굉장히 중요한 일인데 그걸 못하게 막고 있으니 입들이 한 주먹씩 나와 있었습니다. 정사는 엄하기도 했지만 민심을 중히 여기는 사람이었습니다. 다음 날 정사는 왜인들의 숙소 출입과 통신사 일행의 외출을 동시에 허락했습니다.

　나는 이언진과 함께 거리 구경을 나갔습니다. 숙소에서 얼마 떨어지지 않은 나지막한 언덕에 조그마한 정자가 있어 올라갔더니 대판의 모습이 한눈에 들어왔습니다. 지난 1월 강호 가는 길에 들렀지만 그때는 일정이 촉박해 자세히 보지는 못했습니다. 그러니 여유롭게 살피는 것은 이번이 처음인 셈입니다. 대판은 일본에서 가장 번화한 도시입니다. 처음 대판에 도착했을 때 사람들이 주고받던 말들이 새삼 떠올랐습니다. 지금껏 들렀던 곳들은 대판에 비하면 손톱만 한 곳이래, 하늘의 별만큼이나 많은 사람이 살고 있는 곳이래, 황금과 상아가 지천으로 널려 있는 곳이래, 파사(페르시아) 사람들도 눈이 휘둥그레지고, 중국 절강성의 저잣거리보다도 더 번화한 곳이 바로 대판이래…….

강호가 화려하다고는 하지만 대판에 비하면 조금은 격이 떨어지는 듯했습니다. 넓은 강이 도시를 둘로 나누고 있었는데 양쪽 모두가 번화하기 이를 데 없었습니다. 빼곡한 집들은 손으로 셀 수 없을 정도로 많았습니다. 자처럼 반듯한 거리를 화려한 옷을 입은 사람들이 가득 메우고 있었지요. 중심가에서 너덧 걸음만 걸으면 집도 사라지고 다니는 사람들도 없어 무섭기까지 한 부산과는 너무도 달랐습니다. 도시를 보고 있으려니 왠지 모르게 기분이 좋아졌습니다. 잃어버린 인삼이나 살인 사건 등은 먼 나라의 일처럼 느껴졌습니다. 혼자서 입을 벌리고 감탄에 감탄을 하다 보니 문득 궁금증이 생겼습니다.

"나리, 한양도 이러한가요?"

"어떨 것 같으냐?"

"한양이 훨씬 더 크고 번화하겠지요?"

"아니다. 한양은 이곳에 비할 바가 못 된다. 아마 십분의 일도 안 될 것이다."

"설마 청나라의 연경보다 대단하지는 않겠지요?"

"연경도 이곳에 비할 바가 못 된다."

"네? 그렇다면 연경도 가 보셨나요?"

"아니다. 청나라와 일본을 모두 다녀온 친구에게서 들은 이야기다."

"그러면 사실이 아닐 거예요. 어떻게 미개한 왜인들이……."

"청유야, 그런 말 하지 마라. 왜인들은 미개하지 않다."

"……."

"중국이 세상의 중심이라는 건 다 옛날이야기다. 우리가 모르는 사이 세상은 조금씩 바뀌고 있단다."

"왜인들이 풍요를 누리는 이유는 서양 것들을 받아들였기 때문인가요?"

"그렇지. 전에도 말했지만 왜인들은 아예 아란타 사람들에게 장기 앞바다의 섬 출도를 통째로 내주었다. 그 섬을 통해 교역을 하고 서양 사상들을 배우기도 하고. 그렇듯 부지런히 자기들 것으로 만든 덕분에 백성들이 풍요롭게 된 거지."

"우리 조선은 어떠합니까? 서양 것들이 좋다면 조선도 그들의 것을 받아들이면 되지 않나요?"

"우리 조선이라……. 혹시 하멜이라고 들어 보았느냐?"

"처음 들어 봅니다."

"그래, 처음 들어 봤겠지. 조정에서는 혹시나 백성들이 알까 싶어 쉬쉬했으니까. 지금으로부터 백여 년 전에 아란타 상선이 탐라 근처 갑하도에 도착했다. 장기에 가려다가 풍랑에 휩쓸렸던 것이지. 서른여섯 명이 도착했는데 그중 한 명이 바로 하멜이었단다."

"어떻게 되었나요?"

"제주목사는 하멜 일행을 한양으로 보냈단다. 조정의 관리는 그들이 무엇 하는 사람들인가를 조사했지. 알고 보니 그들은 대단한 기술자들이었어. 천문, 의술에 능통했을 뿐 아니라 총과 대포를 조작하는 데에도 뛰어난 솜씨를 지녔지. 심문이 끝나자 그들은 고향으로 돌아가고 싶다고 했지만 관리는 허락하지 않았어."

"그들의 기술을 활용할 생각이었나요?"

"그렇지 않단다. 그들을 돌려보내면 조선에 대한 정보가 새 나갈까 봐 그랬던 거야. 그들은 무려 14년이나 조선에 머물렀어. 그러다 마침내 탈출에 성공해 일본으로 갔지. 얼마 후 아란타로 돌아간 하멜은 조선에서 겪은 일을 책으로 썼단다. 그런데 놀라운 건, 조선이 그들의 기술을 전혀 활용하지 않았다는 거야."

"왜 그랬을까요?"

"유학자들인 조선 관리들이 보기에 그들의 기술은 쓸모없는 것이었거든."

"그런 일이 있었군요. 전혀 몰랐는데."

"청유야, 일본이라면 어떻게 했을 것 같으냐?"

"일본이라면……."

"그들에게 환대를 베풀며 그들이 가진 기술을 모조리 제 것으로 만들었겠지. 우리 조선처럼 그들을 종 부리듯 험하게 부리다 도망가게 놓아두지는 않았을 거란 말이다. 청유야, 이것이 너와 내가 살고 있는 우리 조선의 현실이다. 알겠느냐?"

나는 고개를 끄덕였습니다. 그렇지만 이언진의 마음을 다 이해하지는 못했습니다. 이언진, 그는 섬세하고 똑똑한 사람이기도 했지만 도무지 알 수 없는 사람이기도 합니다. 그는 왜 이토록 조선이라는 나라를 온통 못마땅하게 여기는 것일까요? 나라고 뭐 특별히 조선을 좋아하는 것은 아니지만 그래도 내 나라 아니겠습니까. 이언진이 발걸음을 옮기며 말했습니다.

"그럼 구경을 시작해 볼까?"

우리는 언덕을 내려가 번화가로 들어섰습니다. 사람도 많고 가게도 많았습니다. 여자들의 머리 모양이 가장 먼저 주의를 끌었습니다. 여자들은 긴 머리를 족두리 모양으로 둥글게 만든 후에 끝 부분을 둘로 나누어 비녀를 꽂았습니다. 나비가 머리 꼭대기에서 날개를 펴고 있는 모습이었지요. 나는 손을 뻗어 그 날개를 잡고 싶은 충동을 간신히 눌렀습니다. 이리 저리 돌아보며 걷던 나는 어둑한 골목 안에서 뜻밖의 광경을 보았습니다. 골목 안에서는 어떤 여자가 서서 오줌을 누고 있었습니다. 내 눈이 여자의 눈과 마주쳤습니다. 여자가 입을 벌려 웃자 검게 칠한 이가 드러났습니다. 이언진이 어깨를 잡아당겼습니다.

"그렇게 노골적으로 여자를 쳐다보는 것이 아니다."

"죄송합니다, 너무 신기해서. 그런데 여자의 이는 왜 새까만 건가요? 이빨이 썩어서 그런 건가요?"

"그건 혼인을 한 여자라는 표시다. 자, 지나가는 여자들을 한번 봐라."

우리는 해산물을 파는 가게 옆으로 물러섰습니다. 나는 해산물을 보는 척하면서 지나가는 여자들을 하나하나 살펴보았지요. 이언진이 귓속말을 했습니다.

"허리띠를 봐라."

이언진의 말을 따라 주의 깊게 살펴보니 허리띠에는 크게 두 가지 종류가 있었습니다. 매듭이 앞에 있는 것과 뒤에 있는 것으로요. 내가 본 것을 말하자 이언진이 대답했습니다.

"매듭이 뒤에 있는 것이 혼인한 여자들이다."

나는 고개를 끄덕거렸습니다. 이언진은 그야말로 걸어 다니는 사전이었습니다. 무엇이든 궁금한 것이 있으면 묻기만 하면 되었지요.

해산물 가게 옆에는 보석 가게가 있었습니다. 귀하디귀한 황금과 옥이 자갈처럼 많았습니다. 아기 볼처럼 두툼한 옥가락지가 눈에 띄었습니다. 나도 모르게 수놓는 연희의 가느다란 손가락을 떠올렸습니다. 매끄럽고 윤기 나는 손가락에는 아무것도 끼여 있지 않았습니다. 그 손가락에 옥가락지를 끼워 줄 사람이 바로 나라면 얼마나 좋을까요. 연희 생각을 하자 가슴이 저절로 두근거렸습니다. 주인이 다가오자 나는 그에게 가격을 물어보았습니다. 주인의 말을 들은 나는 낙담하지 않을 수 없었지요. 물자가 풍부해 가격도 싸리라는 기대는 여지없이 배반을 당했습니다. 오히려 내가 생각했던 것보다 몇 배는 더 비싼 가격이었습니다. 손을 저으며 고개를 살짝 돌렸습니다. 다음에 꼭 사야지, 하는 하나마나한 다짐을 속으로 새기면서 말입니다. 그때 내 눈에 뜻밖의 것이 들어왔습니다. 들떴던 마음이 순식간에 바닥까지 가라앉았습니다. 그것은 바로 물소 뿔이었습니다. 아버지를 죽게 만든 물소 뿔, 그것들은 가게마다 산더미처럼 쌓여 있었습니다. 이렇듯 흔한 물소 뿔이 조선에서는 어쩌다 목숨을 빼앗을 정도로 귀한 물건이 된 것일까요. 나는 움직일 수가 없었습니다. 물소 뿔에 찔리지도 않았는데 말입니다. 이언진이 부르지 않았다면 나는 얼어붙은 사람처럼 계속해서 물소 뿔 앞을 떠나지 못했겠지요. 나는 입을 꼭 다물고 그의 뒤를 따랐습니다. 이 언진은 보석 가게 옆 골목으로 향했습니다.

햇볕이 잘 들지 않는 좁고 긴 골목에 자리한 것은 책방들이었 습니다. 지금껏 여유롭게 거리를 둘러보던 이언진의 눈이 반짝 반짝 빛났습니다. 내가 다가가자 그는 약간은 화난 표정으로 책 을 한 권 건넸습니다.

"이 책 제목 좀 읽어 봐라."

떠듬떠듬 제목을 읽었습니다. 물러날 퇴退, 시내 계溪……. 그 것은 바로 퇴계 이황 선생의 문집인 『퇴계집』이었습니다. 반가 웠습니다. 멀고 먼 땅에서 조선의 책을 만날 줄이야.

"『퇴계집』이 어떻게 여기에 있지요?"

"『퇴계집』은 왜인들이 신주 단자 모시듯 하는 책이다. 신유한 이 통신사를 다녀온 뒤 남긴 『해유록』에 보면 왜인들의 집집마 다 『퇴계집』이 있다고 되어 있다."

부끄러웠습니다. 왜인들도 모두 가지고 있다는 『퇴계집』을 오 늘에야 처음으로 보았던 것입니다. 이언진이 또 다른 책들을 꺼 내더니 혀를 끌끌 찼습니다.

"유성룡의 『징비록』, 강항의 『간양록』, 김성일의 『해사록』이 다 있구나. 조정의 온갖 비밀스러운 일들이 담겨 있는 책들이 보란 듯이 왜인들의 책방에 꽂혀 있어. 왜관을 드나드는 통사 무리들이 돈에 눈이 멀어 넘긴 것들이겠지. 우리는 왜인들을 모르는데 왜인들은 우리를 속속들이 알고 있으니, 참······."

비로소 이언진이 화를 내는 이유를 알 것 같았습니다. 이언진은 이윤을 위해서는 나라도 저버리는 무리들의 행동을 비난하고 있었습니다. 무어라 대꾸할 말을 찾지 못해 이 책 저 책을 뽑아 보고 있는데 주인이 다가왔습니다. 주인은 이언진에게 종이를 건네며 머리를 조아렸지요. 종이를 들고 탁자 앞으로 간 그는 거침없이 시문을 써 내려갔습니다. 종이를 받은 주인은 얼굴 가득 웃음을 지으며 거듭 고개를 조아렸습니다. 서너 권의 책을 사 들고 책방을 나오는 이언진에게 물었습니다.

"뭐라고 쓰신 겁니까?"

"대판은 큰 도시라 진귀한 보물 많이도 지녔구나."

"카, 좋다."

"이놈아, 좋기는 무엇이 좋으냐?"

말은 그렇게 했지만 왜인에게서 정중한 인사를 받은 이언진의 기분은 그리 나쁘지 않아 보였습니다. 그때였습니다. 몇 사람의 왜인들이 종이와 붓을 들고 우리를 따라왔습니다. 책방 주인이 조선 사람에게 글을 받았다고 재빨리 이웃에 소문을 퍼뜨린 모양이었습니다.

"어서 돌아가자."

발걸음을 재촉했지만 이미 발 빠른 왜인 대여섯 명이 우리를 둘러싼 뒤였지요. 입술을 굳게 다문 이언진은 종이를 받아서는 빠르게 시문을 써서 건넸습니다. 왜인들이 기뻐하며 고개를 조아렸습니다. 어느덧 시간이 꽤 지나 있었습니다. 돌아가야 했습니다. 우리는 거리를 빠져나와 숙소로 향했습니다. 왜인들 몇몇이 종이를 내밀어 시문을 청하는 것을 간신히 거절한 끝에 숙소에 무사히 도착할 수 있었습니다. 하지만 숙소에서는 더욱 뜻밖의 광경이 우리를 기다리고 있었습니다. 끝이 보이지 않을 만큼 많은 왜인이 숙소를 휘감고 줄 지어 섰습니다. 우리가 들어서자마자 성대중이 이언진을 향해 말했습니다.

"이렇게 반가울 수가. 교류를 재개한다는 말을 전하자마자 이렇듯 몰려들었다네. 어서 와서 나를 좀 도와주게."

성대중의 주변에는 왜인들 서넛이 모여 있었습니다. 그뿐이 아니었습니다. 다른 사람들의 사정 또한 성대중과 크게 다르지 않았습니다. 이언진은 성대중의 옆에 앉았습니다. 마당에서 기다리고 있던 왜인들 서넛이 순식간에 그의 곁으로 다가왔지요. 이언진은 별로 생각도 하지 않고 붓을 휘둘렀습니다. 성대중의 주위에 있던 왜인들이 그를 흘끔흘끔 쳐다보았습니다. 그들 중한두 명이 재빨리 그의 곁으로 자리를 옮겼습니다. 이언진을 보는 성대중의 얼굴에 감탄하는 표정이 스쳤습니다.

이언진이 합류한 이후로 왜인들의 줄이 빠르게 줄었습니다. 놀랍게도 왜인들은 앞을 다투어 이언진 주위로만 몰려들었습니다. 덕분에 한가해진 다른 이들은 고개를 내밀고는 그의 붓이

쏜살처럼 빠르게 움직이는 것을 흥미롭게 지켜보았습니다. 정사는 아예 자리에서 일어나 이언진의 곁에 섰습니다. 한참을 지켜보던 정사가 입을 열었습니다.

"나도 진작 자네처럼 써 줄 것을 그랬네. 어차피 왜인들이 알리도 없을 테니 의미 생각하지 않고 붓 가는 대로 그냥 써 주면 그만인 것을."

이언진의 붓이 멈추었습니다. 그는 정사를 보며 공손한 목소리로 말했습니다.

"의미를 생각하지 않고 쓰는 것이 아닙니다."

"그럼 지금까지 휘갈겨 쓴 것들에 의미가 담겨 있다는 말인가?"

"그렇습니다."

"자네에게 재능이 있다는 것은 아네만 그렇듯 오만해서는 안되지. 이렇게 말해 미안하네만 여기 온 사람 치고 자네만 한 재능을 안 가진 사람이 어디 있겠는가?"

순식간에 분위기가 싸늘해졌습니다. 정사의 말은 분명 이언진을 모욕하는 표현이었습니다. 분위기가 이상하게 돌아가는 것을 눈치 챈 성대중이 일어나 분위기를 수습하려 했습니다.

"이제 그만들 하십시다. 원숭이 같은 왜놈들 앞에서 이럴 필요까지는……."

"저에게서 시문을 받아 간 왜인들을 다시 불러 주십시오."

"자네 도대체 왜 그러는가?"

성대중이 짐짓 언성을 높였지만 이언진의 태도에는 변화가 없었습니다. 화가 나 있다기보다는 어딘가 즐기는 듯한 느낌마저 들 정도였지요. 정사가 호탕하게 웃었습니다.

"성 서기, 그 말대로 해 주구려. 듣던 대로 자존심 하나는 대단하구먼. 아무튼 꽤나 자신이 있는 모양인데 무슨 재주를 부리려는지 한번 보기나 합시다."

이언진은 밖으로 나가 자신의 시문을 받았던 왜인들을 안으로 들어오게 했습니다. 여태껏 가지 않고 밖에 머물던 그들이 다시 들어오자 이번에는 그들을 한 줄로 세웠습니다. 이언진과 왜인들 주위를 또 다른 왜인들이 감싸기 시작했습니다. 왜인들은 그들 특유의 재빠른 본능으로 흥미로운 구경거리가 벌어질 것을 알아차린 듯했지요. 줄을 다 세운 이언진은 성대중을 부르더니 왜인들 옆에 서 달라고 청했습니다. 그런 뒤 다시 마루로 올라왔습니다. 모두의 시선이 이언진에게 집중되었습니다. 나 또한 침을 꼴깍 삼키고는 그에게서 눈을 떼지 않았습니다.

"지금껏 제가 썼던 시문들을 순서대로 외워 보겠습니다."

정사는 어이가 없다는 표정을 지으며 고개를 저었습니다. 왜인들이 술렁대기 시작했습니다. 누군가가 이언진의 말을 일본어로 통역해 전달한 것 같았습니다. 왜인들의 얼굴에는 구경거리를 제대로 잡았다는 흥분이 자리를 했습니다. 흥미를 느끼기는 조선 사람들도 마찬가지인 모양이었습니다. 부사가 앞으로 나서며 말했습니다.

"정사 나리. 내버려 두십시다. 힘든 여행길에 살인 사건까지 발생한 터라 모두들 지쳐 있습니다. 광대놀음 같은 여흥거리로 사람들을 즐겁게 해 주는 것도 저희가 해야 할 도리 중의 하나가 아니겠습니까?"

잠시 생각하던 정사가 이내 고개를 끄덕였습니다. 이언진은 정사와 부사를 향해 고개를 숙여 보였습니다. 그러고는 천천히 자신이 즉흥적으로 썼던 시문을 외우기 시작했습니다.

피어나는 기이한 향은 용연(향유고래에서 채취하는 향료)이고, 쌓여 있는 보석은 아골(보석의 일종)이라네.

성대중은 제일 앞에 선 왜인이 든 종이의 내용을 확인한 뒤 고개를 끄덕였습니다. 이언진이 그다음 구절을 외웠습니다.

상아는 코끼리의 입에서 뽑았고
서각은 물소의 머리에서 잘랐겠지.

왜인의 종이를 확인한 성대중이 또 다시 고개를 끄덕였습니다. 이언진은 계속해서 시를 외웠고 그때마다 성대중은 고개를 끄덕였습니다. 왜인들의 줄은 빠르게 줄었습니다. 줄이 줄어들수록 왜인들의 탄성 소리가 높아졌습니다. 마침내 마지막 왜인의 차례에 이르자 여기저기서 뜻 모를 함성들이 터져 나왔습니다. 씨름판의 최고수를 가리는 듯한 흥분과 열기가 사람들 사이를 맴돌았습니다. 이언진도 분위기를 의식한 듯 목을 한 번 가다듬고는 마지막 구절을 외웠습니다.

외교는 세상에서 가장 중요한 일이니
속국으로 맺은 평화 다시는 잃지 말게나.

성대중이 마지막 왜인의 종이를 들고 내용을 확인했습니다. 갑자기 숙소 전체가 쥐죽은 듯 고요해졌습니다. 요란스레 날던 까마귀도, 쉴 새 없이 짹짹거리던 쥐도 결과를 살피기 위해 잠시 숨을 죽이는 듯했습니다. 성대중이 정사를 쳐다보았습니다. 성대중이 고개를 끄덕이자 함성이 일고 박수가 터져 나왔습니다. 나는 주먹을 쥐고 두 손을 번쩍 치켜들었습니다. 내 눈으로 보고도 믿기 어려운 광경이었습니다. 생각도 하지 않고 빠르게 써 내려가는 듯했던 시구절을 이언진은 모조리 외우고 있었던 것입니다. 이토록 놀라운 일은 내 평생 처음이었습니다. 이언진이 보통이 아니라는 것은 처음부터 알았지만 이 정도로 뛰어날 줄은 상상도 못했습니다. 그는 나의 영웅입니다. 그의 곁을 결코 떠나지 않으리라 결심했습니다.

왜인들이 종이를 들고 이언진의 주위에 몰려들었습니다. 그는 이번에도 종이를 받는 대로 시문을 써서 돌려주었습니다. 속도는 오히려 아까보다 더욱 빨라졌지요. 내가 그를 수행하고 있다는 사실을 말하고 싶어 입이 근질근질했습니다. 하지만 주위의 눈치를 살핀 나는 그저 조용히 서 있을 수밖에 없었습니다. 어쩐 일인지 조선 관리들은 하나같이 무표정한 얼굴을 하고 있었거든요. 이언진의 재주가 그들에게 그리 달가운 것만은 아닌 모양이었습니다.

비밀

왜인들은 귀하거나 천하거나
현명하거나 어리석거나를 막론하고
모두들 우리나라의 시문을 신선처럼
우러러보고 굉장한 보물처럼 여긴다.
가마꾼이나 천한 종처럼
글을 알지 못하는 자들도 우리나라의
해서楷書나 초서草書 몇 자를 얻으면
손을 머리 꼭대기에 모으고
극진한 감사의 표시를 한다.

– 성대중의 『일본록』 중에서

그날 밤 이언진의 얼굴은 유난히 어두웠습니다. 나는 혼자서 고개를 갸웃거렸습니다. 이언진은 정말로 대단한 재주를 지닌 사람입니다. 시도 잘 썼고, 기억력도 비상했고, 아는 것도 많았습니다. 역관이라고는 하지만 그 정도 재주라면 사람들 사이에서 존경 받으며 살기에는 충분했지요. 하루하루 먹고 살기에도 바쁜 내 처지에 비한다면 그는 자신에게 그토록 대단한 재능을 선사한 천지신명에게 고마워하며 살아야 마땅했습니다. 거기에다 모든 사람에게서 인정을 받은 오늘 같은 날, 도대체 왜 얼굴을 찌푸리고 있는지 모르겠습니다. 그는 고마워하기는커녕 투정—내가 보기에는 분명 투정이었습니다.—을 부리고 있었습니다. 정말 답답했습니다. 자신을 아끼는 성대중에게도 삐딱하게 대하고, 정사나 부사 같은 이에게도 퉁명스럽게 말하는 걸 보면 내 속이 다 터질 지경이었습니다.

"나리, 얼굴 좀 펴십시오."

"내 얼굴이 그리 주름져 있느냐?"

"보기 싫은 거미줄이 가로세로로 쫙쫙 그려져 있습니다. 거미가 제 집인 줄 알고 찾아오겠습니다."

나는 진심으로 한 말인데 이언진은 농담으로 여기고 웃었습니다. 부드러운 그 웃음은 늘 내 기분을 좋게 만들어 주었지요. 나는 침을 꼴깍 삼켰습니다. 그에게 물어보고 확인해야 할 것이 있었습니다. 대판 시내 구경을 하면서도 이제 물을까 저제 물을까 망설였던 질문입니다. 더 미룰 수는 없었습니다. 그랬다간 속이 터져 죽을지도 모릅니다.

"나리, 궁금한 것이 있습니다."

"뭐냐?"

"이정이라는 사람에 대해 알고 싶습니다."

"……."

"말씀해 주십시오."

"이정이 누구인지 알기는 아느냐?"

"알다마다요. 이정 어른은 죽은 아버지의 유일한 벗이었습니다. 아버지가 죽은 뒤에도 쌀이며 나무 같은 것을 명절 때가 되면 잊지 않고 보내 주시는 고마우신 분입니다. 게다가 학식도 풍부하신 분이랍니다. 제가 이마두에 대해 처음 알게 된 것도 이정 어른을 통해서입니다."

이정의 딸 연희에 대한 이야기는 쑥스러워서 차마 꺼낼 수조차 없었습니다. 이언진의 표정이 묘하게 일그러졌습니다.

"그렇다면 더 이상 할 이야기가 없다."

"네?"

"네가 아는 것이 옳다. 나는 더 이상 덧붙일 말이 없구나."

말과는 달리 이언진의 표정은 복잡했습니다. 내가 아는 이정과 이언진이 아는 이정은 다른 것이 분명했습니다. 떠나기 전 들었던 할아버지의 말도 술 취한 사람의 말이라고 치부해 버리기에는 여전히 꺼림칙하게 가슴 한쪽에 남아 있었고요. 게다가 이정은 다름 아닌 연희의 아버지였습니다. 연희와 관련된 것이라면 무엇이든 알고 싶었습니다. 하나라도 더 알아서 손해날 것은 없을 테니까요.

"그러지 말고 말씀해 주십시오. 궁금합니다."

"궁금할 것 없다. 네가 알고 있는 것이 맞다니까."

그냥 부탁해서는 안되겠다는 생각이 들었습니다. 이언진의 닫힌 입을 열려면 한 가지 방법밖에는 없었습니다. 무엇인가 결정적인 것을 그에게 털어놓아야 하는 것이지요. 내게 다른 게 있을 리가 없었습니다. 내가 가진 유일한 비밀은 바로 연희였습니다.

"나리, 부탁입니다. 제 인생이 걸린 문제입니다."

"……."

"이정 어른에게는 저와 같은 나이의 여식이 있습니다. 연희라는 여식입니다. 왜 그리 부자가 되고 싶냐고 저에게 물으셨지요? 그건 바로 연희 때문입니다. 부자가 아니고서는 연희와 혼인할 수 없기 때문이라고요."

"이정의 딸에게 마음에 있느냐?"

"네. 연희와 같이 살 수만 있으면 무슨 일이라도 할 작정입니다. 물론 지금으로서는 어림 반 푼어치도 없는 일이지만요."

"이정의 딸이 너에게 부자가 되라고 하더냐?"

"그건 아닙니다. 그래도……."

"포기해라."

"네?"

"그 처자는 너와 짝이 될 수 없다."

이건 또 무슨 말입니까? 비록 쉬운 일이 아닌 것은 알고 있지만 이렇듯 못 박아 말하니 기분이 완전히 상했습니다. 내 말투도 절로 삐쭉빼쭉해졌습니다.

"연희를 아시나요?"

"모른다."

"알지도 못하시면서 어떻게 그런……."

"내 말 똑똑히 들어라. 이정이 누구인 줄 아느냐?"

"제가 아는 이정에 대해서는 이미 다 이야기했습니다. 그 이정 말고 제가 모르는 다른 이정이 있다는 말씀이십니까?"

"답답하기는."

"그러니 말씀해 주십시오."

"정말 알고 싶으냐? 듣지 않는 게 좋을 것 같은데."

"걱정 말고 말씀하십시오."

"후회할 수도 있으니 잘 생각해 봐라."

"아이 참. 그건 제가 결정할 일입니다."

"정 그렇다면, 말해 주마. 네 아버지의 죽음과 관련된 일이니 정신 바짝 차리고 듣도록 해."

이정에 대해 묻는데 왜 느닷없이 아버지 이야기를 꺼내는 걸까요. 나도 모르게 손톱을 물어뜯어 퉤하고 뱉었습니다. 그러고는 입술을 감쳐물었지요. 흔들리면 안 된다, 버텨야 한다, 속으로 다짐했습니다. 이언진이 대단한 건 사실이지만 그렇고 해서 모든 걸 다 정확하게 알고 있을 리는 없습니다. 그의 이야기에는 사실과 어긋난 부분이 분명 있을 것입니다. 귀를 쫑긋 세우고 잘 듣고 있다가 이상한 점이 발견되면 그 즉시 문제를 바로 잡아야 합니다.

"네 아버지가 물소 뿔에 찔려 죽은 것은 너도 알고 있겠지?"

"알고 있습니다. 밀무역을 하다 원한을 사 물소 뿔에 찔려 죽었다고 들었습니다."

"물소 뿔 밀무역은 네 아버지 혼자 한 것이 아니었다."

"네?"

"동업자가 있었지. 그런데 그 동업자 놈은 손끝 하나 다치지 않았다. 왜 그랬는지 아느냐?"

　내가 태어나기도 전의 일인데 어찌 알겠습니까? 내가 대답을
하지 않자 이언진은 말을 멈추고는 고개를 저었습니다. 다시 말
을 잇기까지의 그 짧은 순간이 왜 그리 길게 느껴지던지요.

　"동업자 그놈이 중간에서 이간질을 했던 거야. 겉으로는 동업
을 하면서 뒤로는 네 아버지를 중상모략했던 게다. 그놈이 누구
인 줄 아느냐?"

　누군가가 커다란 방망이로 내 가슴을 마구 때리는 듯했습니
다. 손으로 가슴을 문질러 진정시키려 했습니다. 그러나 워낙
거세게 뛰는 까닭에 아무런 소용이 없었습니다. 그러는 내내 이
름 하나가 입술을 맴돌았지만 나는 모질게 고개를 저어 그 이름
을 떨쳐 버리려 애를 썼습니다.

　"그놈이 바로 이정이다."

　눈을 질끈 감았습니다. 마구 고개를 저었습니다. 그럴 리가
없었습니다. 고귀한 대장부 이정, 아버지처럼 따뜻하고 관대하
게 나를 대하던 이정이 부정한 아버지의 동업자였다니, 있을 수
없는 일입니다. 피식 웃음이 나왔습니다. 되지도 않는 말을 하
는 걸 보면 아무래도 이언진은 제 정신이 아닌 모양입니다. 워
낙 제멋대로인 탓에 하는 말도 이렇게 이상해진 것이겠지요. 나
는 귀를 막았습니다. 그 어떤 소리도 듣지 않으려고 애를 썼습
니다. 그래도 이언진의 목소리는 끊이지 않고 똑똑히 들리기만

했습니다.

"이정이 부를 축적하기 시작한 것은 바로 그때부터다. 이정은 네 아버지의 물소 뿔까지 독차지해 이윤을 남겼다. 그 뒤로는 일사천리였지. 가장 가까운 벗까지 가차 없이 죽여 대는 그를 보고도 앞을 막아설 철없는 위인은 없었으니까."

나는 눈을 뜨고 이언진을 보았습니다. 그의 얇은 입술이 지금처럼 흉하게 보인 적은 없었습니다.

"말씀이 지나치십니다."

"내 말에는 조금의 거짓도 없다."

"도대체 어디에서 그런 이야기를 들으셨습니까?"

"이정이 직접 한 이야기이다."

어색한 침묵이 방 안에 가득했습니다. 그 침묵 속에서, 나는 이언진의 말이 한 치도 틀림없는 진실임을 인정해야만 했습니다. 그가 왜 이정에 대해 확인되지도 않은 말을 하겠습니까. 그의 성격으로 볼 때 있을 수 없는 일이었지요. 내게는 선택의 여지가 많지 않았습니다. 내가 할 수 있는 일이라곤 그저 그 진실을 받아들이느냐 내치느냐 하는 것뿐이었지요.

"통신사 일행이 한양을 출발하기 얼마 전 이정이 내 집으로 찾아왔다. 처음에는 통신사에 뽑힌 것을 축하하러 왔다고 둘러대더구나. 이상했지. 부산의 소문난 부자가 나같이 하찮은 역관을 일부러 찾아오기까지 했으니 말이다. 그가 다짜고짜 덧붙인 말은 더 이상했다. 이정은 내 살림살이를 훑어보더니 나를 부자로 만들어 주겠다고 말하더구나. 관심이 없다고 하자 알았다고 하며 그럼 함께 술이라도 마시자고 했지. 그것까지 거절할 수는 없었어, 마음에 들지 않기는 해도 그는 선배 역관이었으니까. 우리는 기방으로 가 함께 술을 마셨다. 이정은 그곳에서 돈을 물 쓰듯 했다. 오래간만의 횡재에 기생들은 너도나도 이정에게 달라붙었지. 그 와중에 물소 뿔 이야기가 나온 것이다."

"계속 말씀해 주십시오."

"기생 하나가 이정에게 이렇게 물었지. '나리는 어떻게 그렇게 거부가 되셨습니까?' 술에 잔뜩 취한 이정은 기생들 앞에서 자기 자랑을 하고 싶었던 모양이다. 그는 물소 뿔 때문에 부자가 되었다고 하더구나. 기생들이 궁금해하자 아까 내가 너에게 했던 이야기를 마치 무용담처럼 떠벌였다. 물론 그 와중에도 동업자의 이름은 밝히지 않았지만 말이다. 알겠느냐?"

"……."

"한 가지가 더 있다. ……그날 이정은 내게 인삼 이야기를 꺼냈다."

"그렇다면……."

"그래, 하마터면 나도 인삼 건에 연루될 뻔했던 것이지. 부자가 되는 것에 관심이 없다고 거절하기는 했지만 그가 제시한 거액의 돈은 한순간 내 정신을 혼란스럽게 만들기에 충분했다. 다

수양이 부족한 탓이지."

나는 그제야 왜 이언진이 대마도에서 내가 가진 인삼 꾸러미를 보고도 정사에게 고발하지 않았는지를 깨달았습니다. 나 같은 처지의 사내 녀석에게 인삼이 얼마나 큰 유혹이 될지를 그는 너무도 잘 알고 있었던 것입니다.

"유난히 어두운 밤이로구나."

그의 말은 사실이 아니었습니다. 보름을 갓 지난 달은 세상을 훤히 비추고 있었습니다. 하지만 나는 아무 말도 못하고 그저 바보처럼 고개만 끄덕거릴 뿐이었습니다.

"청유야, 부탁이 하나 있다."

"말씀하십시오."

"서기 나리를 좀 불러다오. 오늘 따라 서기 나리의 독설이 듣고 싶어지는구나."

성대중에게는 동행이 있었습니다. 그는 처음 보는 왜인 한 명과 함께 이언진의 방을 찾았습니다. 왜인을 보자 나도 모르게 한 걸음 물러나게 되더군요. 하지만 이언진은 아무렇지도 않은 듯 평소보다 더 공손한 태도로 두 사람을 안으로 맞아들였습니다.

왜인은 방에 들어서자 정중하게 인사를 했습니다. 자세히 보니 눈이 큰 것이 꽤 선량해 보여서 조금은 안심이 되었습니다.

자리에 앉은 왜인이 조선말로 자신을 소개했습니다.

"저는 성문이라는 사람입니다. 선생과 대화를 나누고 싶어 찾아왔습니다. 선생의 명성은 지금 일본에서 하늘을 찌를 정도입니다."

왜인의 조선말은, 조금 느리고 받침이 불분명한 것을 제외한다면 제법 유창하다고 할 수 있었습니다. 성문의 찬사를 들은 이언진의 눈가가 붉어졌습니다. 그가 잠시 머뭇거리자 성대중이 나서서 거들어 주었습니다.

"이언진은 문장이 기특한 선비입니다. 그대들이 높이 평가하는 것도 당연합니다."

성대중은 뜻밖에도 이언진을 칭찬하고 있었습니다. 이언진을 볼 때마다 조심하고 경계하라며 염려 섞인 말만 하던 것과는 사뭇 다른 분위기였지요. 나는 그제야 성대중이 진심으로 이언진을 아낀다는 사실을 깨달았습니다.

서로에 대한 인사가 끝나자 그들은 본격적인 이야기를 주고받기 시작했습니다. 사실대로 말하면 이언진과 성문, 그리고 성대중이 주고받는 말을 나는 하나도 이해하지 못했습니다. 그들이 하는 말은 분명 내가 쓰는 말과 같은 조선말이었지만 그들이 주고받는 내용은 생소하기 그지없는 것이었습니다. '격물궁리', '시서예악' 등 듣기만 해도 머리에 쥐가 나는 골치 아픈 용어들을 그들은 '밥'이나 '물' 같은 일상어를 구사하듯 자유롭게 주고

받고 있었습니다. 그래도 무식하게 보이고 싶지는 않았습니다. 두 눈에 힘을 주고 수없이 고개를 끄덕거리느라 진땀을 뺐습니다. 마침내 더 견디기 힘들어졌을 무렵 성문이 자리에서 일어났습니다. 밖에서는 새벽닭이 울음을 터뜨리더군요. 성문은 들어올 때처럼 두 손을 들어 공손하게 인사를 했습니다.

"학식이 넓고 큰 두 분을 만나 참으로 즐거운 시간을 보냈습니다."

성대중이 먼저 고개 숙여 인사를 하자 이언진이 부드러운 목소리로 대답을 했습니다.

"제 주머니 속에는 아직 내보이지 않은 시문들이 많습니다. 조선에 돌아가면 책을 쓰겠습니다. 일본의 훌륭한 사람들과 신령스러운 산, 좋은 물, 진귀한 보배, 풀과 꽃, 돌과 짐승 하나하나까지 빠뜨리지 않고 포함시킬 겁니다. 성문 선생과 만난 것도 실어 세상 사람 모두가 성문 선생을 알 수 있도록 하겠습니다."

"영광입니다. 부족한 이름이 선생 덕분에 길이 전해진다면 죽어도 여한이 없을 것입니다."

성대중은 성문을 배웅하러 나갔다가 잠시 후에 다시 들어왔습니다. 자리에 앉은 성대중이 웃으며 말했습니다.

"박지원에게 당한 한이 이제 좀 풀리는가?"

이언진은 아무 말도 하지 않았습니다. 나는 알아들을 수 없어 눈만 끔뻑끔뻑했고요. 박지원, 도대체 그는 누구일까요? 나는 무슨 일인지 알고 싶어 입이 근질근질했습니다. 성대중이 내 마음을 읽었습니다.

"무슨 일인지 알고 싶으냐?"

내가 고개를 끄덕이자 성대중은 이언진을 흘낏 보았습니다. 이언진이 아무 말도 하지 않자 성대중은 그것을 이야기해도 좋다는 표시로 간주한 모양입니다. 성대중은 목청을 가다듬은 후 박지원과 이언진 사이에 있었던 사건을 들려주었습니다. 이언진은 입을 굳게 다문 채 성대중의 이야기를 듣고 있을 뿐이었지요. 성대중은 이야기를 재미있게 들려주는 재주가 있는 사람이었습니다. 하지만 워낙 꼼꼼한 사람이라 작은 것 하나 생략하지 않았습니다. 그래서 이야기를 마치기까지는 상당한 시간이 걸렸습니다. 그의 이야기를 모두 옮기는 것은 지금껏 간신히 하품을 참고 있었을 것이 분명한 여러분을 더욱 고통스럽게 만들겠지요. 불필요한 고통은 겪지 않도록 하는 게 좋겠기에, 내가 이해한 대로 조금 짧게 정리를 해 보았습니다.

30대 초반에 불과한 박지원은 조선 문단의 총아 격인 인물이었습니다. 그런 박지원은 다른 한편으로는 꽤나 괴팍한 사람이기도 했습니다. 과거에 능히 급제할 만한 실력을 지녔으면서도 과거장에 들어갔다 답안도 제출하지 않고 그냥 나오는가 하면, 반남 박씨라는 명문가의 자손이면서도 서얼은 물론 거지, 광대,

칼잡이 같은 천한 사람들과 어울리는 것을 조금도 꺼리지 않았습니다. 좋게 이야기한다면 그 무엇에도 매이지 않고 몸과 마음이 가는 대로 자유롭게 사는 사람이었고, 나쁘게 이야기한다면 가문의 앞날을 책임져야 할 자신의 역할을 망각한 사람이었지요. 하지만 그의 호방한 성격과 넓은 교유 관계 덕분에 비난하는 사람들보다는 호감을 갖는 사람들이 훨씬 더 많았습니다. 통신사 일행이 한양을 떠나기 며칠 전 성대중은 이언진을 데리고 박지원의 집을 찾았습니다. 이언진의 재능을 높이 산 그가 박지원과의 만남을 주선한 것이지요. 박지원의 집으로 가면서 성대중은 이언진에게 여러 차례 당부를 했습니다.

"박지원은 기분 나쁘게 들릴 말도 서슴지 않고 할 사람일세. 그런 말은 그냥 못 들은 체하게. 다 자네를 떠보려고 하는 말이니까. 알겠는가?"

성대중은 박지원과의 만남이 이언진의 일생을 좌우할 중요한 사건이 될 수도 있다고 여겼습니다. 행실은 거칠어도 보는 눈은 높고 정확하기로 소문난 박지원의 인정만 받는다면 시인으로서의 이언진의 앞날은 탄탄대로일 테니까요. 시는 보지도 않은 채 "역관의 시니 더 이상 볼 것이 있겠는가." 하며 탐탁지 않게 말하는 잘난 양반들의 비난 같지 않은 비난은 더 이상 듣지 않아도 될 것이고요. 하지만 문제는 박지원의 행동이었습니다. 사람이 나쁜 것은 아니었지만 워낙 괴짜 축에 드는 인간이라 그의 태도는 도무지 예측할 수가 없었습니다. 사람 앞에서 대놓고 무시하는 말을 하는 것은 보통이었고, 상대방이 지은 글을 찢어 버리거나 갑자기 자리를 떠나 버리는 일도 드물지 않게 일어났습니다. 이언진의 성격 또한 예사롭지 않은 것을 잘 알고 있는 성대중은 두 사람이 부딪힐까 봐 미리 이해하고 양보하라고 거듭 주의를 준 것이지요.

박지원은 성대중을 반갑게 맞이했습니다. 성대중이 왔다는 전언을 듣자마자 버선발로 뛰쳐나왔습니다. 예의며 형식 같은 것을 별로 중히 여기지 않는 사람이라는 세간의 소문이 틀리지 않다는 것을 그대로 보여주는 장면이었지요. 그의 말투 또한 처음부터 예의를 벗어났습니다. 이언진과 인사를 주고받은 후 자리에 앉자마자 대뜸 내뱉은 말에는 커다란 가시가 잔뜩 박혀 있었습니다.

"재주가 많다고 들었네. 너무도 차고 넘쳐서 안으로 뻗쳐야 할 재주 재才 자의 삐침이 밖으로 향할 정도라지?"

교묘한 말이었습니다. 칭찬 같지만 사실은 조그마한 재주를 너무 자랑한다고 나무라는 말이었습니다. 평소 같았으면 자존심 강한 이언진이 당장 맞받아쳤을 것입니다. 그러나 성대중의 조언 덕분인지 이언진은 부드러운 말로 대꾸했을 뿐입니다.

"저는 일개 역관에 지나지 않습니다. 재주가 있으면 얼마나 있겠습니까?"

박지원은 고개를 끄덕거렸습니다. 하지만 그의 빈정거림은 조금도 나아지지 않고 점점 더 강도를 더했습니다.

"선반의 다리가 부러지면 음식이 엎어지는 법이라네. 다리 역할을 하는 덕이 없는 재주는 하나 쓸 데가 없다네. 알겠는가?"

"알겠습니다."

이언진이 생각보다 잘 견디고 있어 성대중은 조금 마음을 놓았습니다. 박지원이 고개를 끄덕이며 빙그레 웃었습니다.

"그럼 시를 한번 봄세."

그럭저럭 1차 관문은 통과한 모양이었습니다. 그러나 이제부터가 중요합니다. 성대중은 마치 자기가 시험을 치르고 있는 것 같았습니다. 괜히 이마에 식은땀이 흐르고 머리가 어질어질했습니다. 박지원은 아무 말 없이 이언진이 건넨 시들을 보고 있었습니다. 잠시 후 우려했던 일이 일어났습니다. 박지원이 고개를 들더니 이언진의 시들을 휙 옆으로 던져 버리는 것 아니겠습니까? 성대중이 웃으며 박지원을 가볍게 나무랐습니다.

"허허, 남의 글을 그렇게 다루면 안 되지. 예의를 좀 차리게나."

박지원은 대답 대신 이언진을 뚫어져라 쳐다보았습니다. 시선을 마주치는 것이 부담스러운 듯 이언진은 고개를 살짝 숙였습니다. 박지원이 그제야 성대중을 보며 말했습니다.

"예의는 둘째 치고 도무지 마음에 차지를 않는군. 짱알짱알

시끄럽기만 한 것이 영 무슨 소린지 알 수도 없네그려. 자질구레한 것이 귀한 맛이라고는 하나도 없어."

성대중이 듣기에도 화가 날 만큼 지독한 말이었지요. 이언진의 얼굴이 붉게 달아오른 것도 당연했습니다. 성대중은 속으로 한숨을 쉬었습니다. 이언진이 벌컥 화를 낸다고 해도 말릴 수는 없다고 생각했습니다. 그러나 이언진은 잘 참아 내고 있었습니다. 박지원은 이언진을 힐긋 보더니 성대중에게 계속해서 말을 했습니다. 앞에 있는 이언진은 대화의 상대로 인정조차 하지 않는 태도였지요.

"자네도 알다시피 덕이 부족한 자가 말재주는 화려한 법일세. 부분 부분 빛나는 구절이 없는 것은 아니네만 워낙 잔재주라 칭찬하고 싶지는 않네. 잔재주를 좋아하는 것은 아직 어린 탓이라 나이가 들면 사라지겠지만 덕이 부족한 것은 어쩔 것인고? 스승이 누군지 제대로 가르치지 못했구먼."

이언진의 입술이 부르르 떨리는 것을 성대중은 분명히 보았습니다. 이언진의 스승은 이용휴로 남인당이었습니다. 그런 그를 노론당에 속하는 박지원이 비난한 것입니다. 남인당과 노론당은 앙숙이었습니다. 당파 때문에 무조건 비난한다는 오해를 사기에 딱 좋은 순간이었지요. 아니나 다를까, 이언진이 자리에서 벌떡 일어났습니다.

"지금 뭐라고 하셨습니까?"

"못 들었는가? 귀도 안 좋은가 보군. 그럼 다시 말하지. 스승이 제대로 가르치기만 했더라도 지금보다는 나았을 것을."

박지원은 말을 하면서도 이언진에게서 눈을 떼지 않았습니다. 싱긋 웃는 것이 재미있는 일이 일어나기를 기다리는 어린아이 같은 표정이었지요. 성대중이 바쁘게 움직였습니다. 이언진은 만류하고 박지원은 나무랐습니다.

"앉게나. 이야기를 좀 더 들어 보는 것이 좋겠네. 자네도 그래, 무슨 말을 그렇게 하나……."

"미친놈이 사람의 성질만 돋우는구나."

이언진은 폭언을 퍼붓고는 신발을 신더니 그대로 나가 버렸습니다. 순식간에 벌어진 상황에 성대중은 벌린 입을 다물지 못했고, 박지원은 무엇이 즐거운지 연신 웃고만 있었습니다.

"그날의 앙금은 이제 모두 다 잊었습니다."

"그렇다면 다행이고. 내심 걱정을 많이 했다네. 박지원의 말이 워낙 과격해 혹시라도 상처를 입지는 않았을까……."

"아닙니다. 돌아와 곰곰 생각해 보니 그 사람의 말에도 들을 만한 것이 있습디다. 경망한 성격 탓에 그토록 성급하게 뛰쳐나온 것이 조금은 후회가 됩니다."

"박지원이 자네를 무시해서 한 말은 아닐 것이야. 내 생각에 그는, 자네의 뛰어난 재능을 염려했을 것일세. 조선에서 뛰어난 재능을 갖고 있다는 것이 결코 좋은 것만은 아닐세. 특히나 자네나 나와 같은 사람들에게는…….”

성대중의 말을 이언진이 중간에서 가로막았다.

“밤이 깊었습니다. 못 다한 이야기는 다음에 다시 하는 것이 어떻겠습니까?”

앙금을 모두 잊었다는 이언진의 말은 거짓이었습니다. 그는 속마음을 숨길 수 있는 사람이 아니었습니다. 목소리가 살짝 떨리고 어깨도 조금씩 들썩거렸습니다. 화를 내고 싶은 마음을 간신히 참고 있는 사람의 모습이었지요. 그걸 모를 성대중이 아니었습니다.

“내 말 이상하게 듣지 말게. 아까 그 왜인 말일세, 그자의 말만 듣고 너무 좋아해서는 안 되네. 왜인들은 겉과 속이 달라. 그러니까…….”

“명심하겠습니다.”

“또 하나, 박지원이 했던 재주 재 자의 경고를 잊지 말게나. 재 자의 삐침이 왜 안으로 향해 있는지를 기억하라는 말은 자네가 백 번 새겨들어도 나쁘지 않을 것이네. 재주는 안으로 숨겨야지 밖으로 드러내서는 안 되거든. 경박하게 자랑하는 것은 진정한 재주를 가진 사람이 할 도리가 아니란 말이지.”

“명심하겠습니다.”

“조선 땅에서도 자네를 알아줄 날이 언젠가는 오리라 믿네.

주머니에 든 송곳은 결국 드러나게 되는 법. 기다리게. 기다리고 또 기다리게. 참고 또 참다 보면 분명 그러한 날은 오고야 말 테니까. 조선 사람들도 아주 눈 먼 것은 아니라네."

"알겠습니다."

"마음을 부드럽게 먹게나. 인생은 길다네. 마음을 다잡으면 그것이 곧 세상을 잡는 것과 같지."

"알겠습니다."

"정말로 내 말의 뜻을 알겠는가?"

"네."

"그럼 자네를 믿겠네."

"고맙습니다."

성대중은 그제야 자리에서 일어났습니다. 방문을 열다 말고 잠시 머뭇거리던 그는 다시 한번 재주 재 자 이야기를 꺼냈습니다.

"재주 재 자에 대한 경고를 결코 잊지 말게."

이언진은 빙긋 웃더니 성대중에게 고개를 숙여 보였습니다.

둘만 남게 되자 방 안이 텅 빈 것 같았습니다. 괜히 머리를 긁적거렸습니다. 무슨 말인가를 하기는 해야겠는데 도무지 무슨 말을 해야 할지 알 수가 없었기 때문입니다. 내가 적당한 말을 찾느라 머뭇거리는 동안 이언진이 먼저 입을 열었습니다.

"청유야, 서기 나리는 서얼이시다. 그건 나리의 앞에 높은 벽이 있다는 뜻이지."

그랬구나. 비로소 늘 모호했던 성대중의 태도가 완전히 이해되었습니다. 서얼은 양반이되 양반이 아닌 존재였지요. 조선 땅은 굳건한 신분제가 뿌리박힌 곳이었습니다. 양반이라도 본처의 자식이 아니면 서얼로 취급받았습니다. 서얼은 어찌 보면 나같은 중인보다도 못했습니다. 보고 듣는 것은 양반과 같으나 그것들은 그저 그림의 떡이었습니다. 서얼은 원칙적으로 나랏일을 맡아보는 관리가 될 수 없었습니다. 일본으로 떠나는 통신사나 청나라로 떠나는 연행사 같은 것이 있으면 서기 같은 임시직이나 맡는 것이 고작이었습니다. 그러니 보통 때 할 수 있는 일이란 그저 놀면서 하루하루를 보내거나 집에 들어앉아 벽을 마주하며 혼자 학문을 하는 길밖에는 없었습니다. 세상이 바뀌어 전혀 다른 세상이 되기 전에는 말입니다.

"그래도 나리는 멋진 분이다. 포기하지 않으시니까. 두드리면 언젠가는 문이 열릴 것이라 믿는 사람이다. 꿈을 가진 사람이란 말이지. 알겠느냐?"

"네."

"나는 다르다. 물론 내게도 꿈이 있다. 하지만 두드리는 건 성미에 맞지 않아. 기다리다 보면 문이 그냥 열리리라고는 믿지 않기 때문이지."

"그러면 어떻게 합니까?"

"문을 부수고 뒤엎으면 된다."

"그게 가능하겠습니까? 무기도 없는데요?"

"무기가 왜 없느냐?"

"어디에 있는데요?"

"시가 나의 무기이다. 시를 무기로 쓰려면 다른 이의 시와는 달라야 하는 것이다. 내 시가 서기 나리의 시와 다른 것은 그러한 까닭이야. 알겠느냐?"

"네."라고 대답하며 고개를 끄덕이기는 했지만 나는 이언진의 말을 제대로 이해할 수가 없었습니다. 총도 칼도 아닌 시가 무기라니 처음 듣는 말이었습니다. 부수고 뒤엎는 것과 새로운 시를 쓰는 것이 도대체 무슨 관련이 있을까요. 나는 질문을 던지려다 말았습니다. 이언진은 내 눈을 쳐다보고 있지도 않았습니다. 지금 그는 나를 상대하고 있으나 마음은 다른 곳에 가 있었습니다. 나도 그럴 때가 있는데 그럴 땐 그냥 내버려 두는 게 최고입니다. 잠시 후 그가 다시 입을 열었습니다.

"물론 나의 방식은 위험하다. 사람들은 기존의 틀과 다른, 도무지 이해할 수 없는 새로운 것을 좋아하지 않으니까. 나리가 경고한 것도 바로 그것이다. 하지만 청유야, 나는 역관이다. 미천한 자라는 뜻이지. 꿈을 꾸는 역관이 그 꿈을 이루려면 어떻게 해야겠느냐? 열리지 않는 문을 한없이 두드려 제발 열어 달라고 애걸해야 하겠느냐? 차라리 문을 부수고 앞으로 나아가야

겠느냐?"

그가 원하는 답은 분명했습니다. 애걸하며 살아 봤자 얻을 게 없다는 것은 나 또한 너무도 잘 알고 있는 부분이기도 했습니다.

"문을 부수겠습니다."

"그래, 바로 그것이다. 나는 나의 무기인 시로써 문을 부술 생각이다. 그런데 청유야, 너는 무엇으로 문을 부수겠느냐?"

"……모르겠습니다. 어떻게 하면 되나요?"

너무도 솔직한 내 대답에 이언진은 잔뜩 굳었던 표정을 풀고 웃음을 터뜨렸습니다. 내가 입을 삐쭉 내밀자 그는 내 머리를 한 대 쥐어박았습니다. 아프긴 했지만 그리 기분이 나쁘지는 않았지요. 친근한 행동을 하는 그를 보면 늘 기분이 좋아졌습니다.

곧 날이 밝아 올 것 같았습니다. 이언진은 책을 펼쳐 들었지만 내 입에서는 하품이 나왔습니다. 잠깐이라도 눈을 붙일 생각으로 자리에 누웠습니다. 몸은 피곤했지만 선뜻 잠은 찾아오지 않았습니다. 이리저리 뒤척일수록 더욱 말똥말똥해졌습니다. 머릿속에서는 질문 하나가 도무지 떠날 줄을 모르고 까마귀 부리마냥 계속 내 머리를 쪼아 대고 있었습니다.

"청유 너는 무엇으로 문을 부수겠느냐?"

또 다른 죽음

나중에 전해들은 바에 의하면 죄인의 대답은 이러했다.
천종이 죽기 전날 저녁 자기가 그에게 밥을
나누어 달라고 하였는데 천종이 밥을 나누어 주면서
젓가락은 주지 않아 젓가락도 달라고 하니
천종이 주지 않았을 뿐 아니라 말채찍으로
자기 어깨를 두어 대 내리쳤다는 것이다.
그래서 화를 참지 못하고 칼로 찔렀다고 한다.
전해들은 것이므로 와전된 것이 많아 그대로
믿을 수는 없으나, 천종은 애초에
밥을 나누어 준 사실이 없으니 아무래도
죄인의 말을 의심하지 않을 수 없다.

– 성대중의 『일본록』 중에서

며칠 후 대마도 측 담당자가 정사를 찾아와 살인 사건에 관한 보고서를 올렸습니다. 최천종을 죽인 사람은 소문대로 대마도 소속의 영목전장이라는 통역관이었습니다. 그러나 보고서에는 영목전장이 최천종을 죽이고 도망간 것을 잡아들였다는 내용만 있을 뿐, 그가 왜 최천종을 죽였는지는 나와 있지 않았습니다. 정사가 이유를 물어도 담당자는 그저 묵묵부답이었습니다. 몇 번을 다그쳐도 대답을 얻지 못하자 정사는 왜인을 보낸 뒤 회의를 소집했습니다. 회의에 참가한 사람들 대부분은 보고서를 받아들일 수 없다고 말했습니다. 묵묵히 듣고 있던 정사는 당상역관에게 이렇게 말했습니다.

"보고서를 받는 것으로 사건을 종결짓겠소. 대신 조건을 하나 내세우도록 하시오. 범인이 처형되는 날 우리 쪽 사람들이 가서 볼 수 있도록 교섭을 하시오."

사람들이 그럴 수는 없다며 항의했지만 정사는 귀를 틀어막았습니다. 그의 입장을 이해할 수 있을 것 같았습니다. 그라고 인삼이 관련된 사실을 몰랐을 리는 없겠지요. 하지만 아무리 파헤쳐도 인삼은 나오지 않았습니다. 심증은 있는데 물증이 없는 겁니다. 조선의 왜관에서 벌어진 일이라면 끝까지 파헤치겠지만 여기는 조선이 아니라 일본입니다. 언제까지 머물러 있을 수도 없는 데다가 향후 양국 관계에 미칠 파장을 고려할 때 일을 더 확대시키는 것은 곤란하다는 생각이 그를 괴롭혔을 게 분명합니다.

정사가 수사 결과를 받아들이자 그 뒤로는 일이 빠르게 진행되었습니다. 통신사 일행은 영목전장의 참수형을 참관한 뒤에 지긋지긋한 대판을 떠나기로 했습니다. 참혹한 살인 사건의 결과 치고는 명쾌하지 않았으나 아무튼 사건은 마무리된 것입니다. 그러나 실은 그렇지가 않았습니다. 사건이 완전히 마무리되기 위해서는 아직 한 고비를 더 넘겨야 했습니다.

참수형의 집행을 며칠 앞둔 4월 30일 아침의 일입니다. 숙소는 유난히 시끌벅적했습니다. 드디어 조선으로 돌아간다는 흥분이 그동안 가라앉아 있던 숙소를 잔뜩 들뜨게 만들었습니다. 나또한 마찬가지였지요. 괜히 마음이 설레 일이 손에 잡히지 않았습니다. 사실 내가 돌아간다고 해도 반길 사람은 별로 없을 것입니다. 반기기는커녕 내 멱살을 쥐어 잡을 사람은 확실히 있는 셈이니 신세 치고도 참으로 답답한 신세였습니다. 장유한, 그는 도대체 어떻게 나올까요? 짐을 탈탈 털어도 그에게 줄 것은 아무것도 없었습니다. 빈손을 본 그가 날뛸 것을 생각하니 가슴이 답답해졌습니다.

하지만 한편으로는 낙관적인 마음도 들었습니다. 자기도 왜관을 출입하니 최천종의 일을 들었을 테고, 그렇다면 무조건 나를 닦달하기는 힘들 것입니다. 그래도 닦달한다면 인삼을 몰래 맡긴 사실을 떠벌이겠다고 협박하는 방법도 있지 않을까요? 생각해 보면 나는 인삼 때문에 죽었다 살아난 사람입니다. 장유한이 설마 날 죽이기나 할까, 하는 생각이 버젓이 고개를 드는 걸 보면 나란 사람도 이번 통신사 사행을 통해 많이 달라진 모양입니다.

걱정을 그런 식으로 내 멋대로 처리하고 나니 연희의 얼굴이 떠올랐습니다. 연희는 잘 지내고 있을까요? 허리춤 주머니에서 비단 손수건을 꺼내 보았습니다. 틈만 나면 꺼내 보았던 탓에 손수건의 가장자리는 까맣게 때에 절어 있었지요. 사람들 몰래 손수건을 잠시 뺨에 대었다가 재빨리 다시 집어넣었습니다. 시장에서 보았던 옥가락지 생각이 났습니다. 그걸 사지 못한 것이 못내 아쉬웠습니다. 옥가락지 하나로 연희의 마음을 차지할 수 없다는 것은 잘 알고 있습니다. 하지만 그래도 빈손으로 돌아가는 것보다는 분명 낫겠지요. 어떻게 다른 방법이 없을까요? 이언진에게 한번 부탁을 해 보면 어떨까 하고 고민하는 바로 그

순간 문이 활짝 열렸습니다. 이언진이겠지 싶어 고개도 들지 않았는데 분위기가 좀 이상했습니다. 올려다보니 상투를 풀어헤친 남자 하나가 서 있었습니다. 그는 팔목 길이만 한 칼을 들고 나를 노려보며 말했습니다.

"장유한이 때문에……."

놀라고 말고 할 틈도 없었습니다. 남자는 이내 마당으로 뛰어 내려가더니 칼로 자신의 목을 찔렀습니다. 숙소는 한순간 적막에 휩싸였습니다. 의원 하나가 천천히 그의 곁으로 갔습니다. 잠시 후 의원은 피 묻은 손을 남자의 목에서 떼고는 정사를 향해 고개를 저어 보였습니다. 또 한 사람이 죽은 것입니다.

남자의 죽음은 조용히 처리되었습니다. 이유는 간단했습니다. 더 이상 사건이 확대되는 것을 그 누구도 원하지 않았기 때문입니다. 죽은 남자의 상태가 줄곧 정상이 아니었다는 사정 또한 일이 조용히 처리되는 데 한몫을 단단히 했지요.

남자의 이름은 현태식으로, 노를 젓는 격군 임무를 맡은 사람이었습니다. 최천종이 죽던 그날부터 남자는 이상한 행동을 하기 시작했습니다. 밥을 먹다 말고 갑자기 버럭 소리를 지르는가 하면 머리를 감싸고 부르르 떨기도 했습니다. 그의 상태를 확인하러 온 정사를 향해 주먹을 마구 휘두르더니 바닥에 누워 발을 구르는 추태를 보이기도 했습니다. 의원은 그런 현태식에게 광증이라는 진단을 내렸고 정사는 그를 격리 수용하라고 지시를 내렸습니다. 격리 수용된 뒤로는 한동안 얌전히 지내는 듯했습니다. 그랬던 현태식이 귀국을 앞두고 사람들의 감시가 소홀한 틈을 타 방에서 뛰쳐나와 일을 벌인 것이지요.

사람들은 그의 죽음을 마지막 액막이 정도로 받아들였습니다. 워낙 궂은 일이 많았던 사행길이라 사람 하나가 더 죽었어도 유난스럽게 여겨지지 않는 것 같았습니다. 그러나 나는 달랐습니다. 나는 현태식의 입에서 나온 이름을 똑똑히 들었습니다. 장유한. 그 말을 내뱉는 현태식의 얼굴은 고통으로 일그러져 있었습니다. 장유한. 그 이름을 듣는 순간 모든 것은 분명해졌습니다. 장유한의 그림자는 사방에 널려 있었습니다. 나는 죽기 전에는 결코 장유한의 손에서 벗어나지 못하리라는 것을 분명히 깨달았습니다.

왜인들이 뭐라고 결론을 내렸건 간에, 정사가 어떤 마음을 먹고 사건을 종료했건 간에 최천종은 인삼 때문에 죽은 것이 분명했습니다. 현태식 또한 마찬가지였습니다. 나는 확실히 말할 수 있습니다, 그를 죽음으로 내몬 것은 광증이 아니라 두려움이었다는 것을. 인삼을 소지하고 왔다는 사실이 발각될지도 모른다는 두려움이 연약한 그를 미치게 했고, 결국에는 제 손으로 목숨을 끊게 만든 것이지요. 두려움에 떠는 사람이 최천종과 현태식 두 사람뿐일까요? 그렇지는 않을 겁니다. 장유한의 마수는 사절단 곳곳에 뻗혀 있는 게 분명했습니다. 최천종처럼 죽지 않고 현태식처럼 미치지 않은 나머지 사람들은 그저 이 사건이 빨리 잊혀지기만을 매일 밤 빌고 있을 것입니다.

사건이 수습된 뒤 방으로 돌아온 이언진에게 현태식의 마지막 말을 전했습니다. 장유한의 이름을 말하고 나자 바보같이 눈물이 쏟아졌습니다. 나는 어깨를 두드리는 이언진에게 기대어 엉엉 울었고, 살고 싶다고 어린애처럼 칭얼거렸습니다.

"장유한이 나를 그냥 두지 않을 거예요."

"이것도 인연인데 너를 그냥 죽게 만들 수는 없지."

"정말이지요? 약속하지요?"

"그래, 약속하마."

무엇을 믿고 이언진이 그렇게 장담하는지는 알 수 없었습니다. 하지만 그의 대답은 내게 큰 위로가 되었습니다. 나는 눈물을 닦고는 장유한이 얼마나 비열하고 무서운 사람인지에 대해 내가 기억하는 사례 하나하나를 끄집어내며 설명했습니다. 이언진은 나의 두서없는 이야기를 끝까지 들어 주었습니다. 고백은 치유의 힘을 지닌 것이 분명했습니다. 가슴속에 들어 있던 혼란스러운 감정들을 장유한의 일을 빌어 남김없이 다 털어놓고 나니 그제야 진정이 되었습니다.

"고맙습니다."

"그간 힘들었을 네 마음을 이해하지 못해서 오히려 미안하구나."

"그런 말씀 마십시오. 다 제 잘못인 걸요, 뭐."

"아니다. 단순히 네 잘못이라고는 말할 수 없다. 조선이라는 나라의 구조적인 문제인 것이지. 내가 역관이라는 사실이 오늘처럼 부끄러웠던 적은 일찍이 없었다."

"역관도 역관 나름이지요. 그나저나 장유한 같은 자는 아예 뿌리를 뽑아내야 합니다. 다시는 발을 못 붙이게……."

"청유야."

"네?"

"인삼의 배후에 있는 자가 정말 장유한일까?"

"그게 무슨……."

나는 지금까지 그가 도대체 무엇을 들었는가 의심하지 않을 수 없었습니다. 너무도 당연한 사실을 놓고도 아무것도 모르는 어린애처럼 바보 같은 질문을 던지는 이언진을 깨우쳐 주려다가 나도 모르게 말을 멈추었습니다. 이언진은 지금 장유한이 개입되어 있다는 사실을 부정하는 것이 아니었습니다. 그의 말속에는 장유한보다 더 막강한 권한을 지닌 누군가가 인삼 사건의 진정한 배후라는 의미가 담겨 있었습니다. 나는 입술을 깨물었습니다. 그럴 만한 힘을 지닌 이는 내가 알기론 한 명밖에 없었습니다.

그날 저녁 조선에서 온 편지들이 도착했습니다. 그 속에는 내 이름이 적힌 편지도 있었습니다. 석 달 전 날짜로 되어 있는 그 편지는 연희가 내게 보낸, 처음이자 마지막 편지였습니다.

연희

죄가 무거운 자는 곧바로 그 목을 벤다.
죄인이 술에 취하여 혼미한 상태로
구덩이 가운데 앉아 있으면 그 친한 벗이
칼을 들고 내리치는데
조금도 어려워하는 빛이 없다.
왜인의 대도大刀는 반드시
사람의 목을 벤 이후에야 유명해진다.
그러므로 죽을죄를 지은 자가 있다는
소리를 들으면 자기 칼을
시험해 보려는 사람들이 시장을 이룰 듯이
다투어 모여드니 시속時俗의 정이
참으로 참혹하고 혹독하다.

– 성대중의 『일본록』 중에서

형 집행은 낭화강 하류의 월생도라는 곳에서 이른 아침에 이루어졌습니다. 왜인들은 처음에는 참관을 허락하지 않다가 정사의 지시를 받은 당상역관들의 거센 항의를 받고서야 결정을 번복했다고 합니다. 나는 새벽부터 기다리고 있다가 참관 대열에 합류했습니다. 이언진의 만류에도 불구하고 나는 무슨 일이 있어도 꼭 보아야겠다고 우겨 뜻을 관철했습니다. 이언진은 내키지 않는 듯한 표정을 지었지만 결국에는 내 고집에 두 손을 들고 함께 가기로 했습니다.

우리는 군관들 몇 명과 함께 배를 타고 형장을 지켜보았습니다. 가시나무 울타리로 막은 형장에는 관원 한 명과 망나니, 그리고 온몸이 꽁꽁 묶인 영목전장이 있었습니다. 고개를 푹 숙이고 있어 영목전장의 표정을 읽는 것은 불가능했습니다. 관원이 일어나더니 망나니에게 무어라고 말을 했습니다. 실실 웃고 있던 망나니가 칼을 들었습니다. 망나니가 눈 깜짝할 사이에 목을 내리치자 목이 떼구르르 굴러 땅에 떨어졌습니다. 망나니는 그 머리를 들더니 미리 준비된 물로 씻었습니다. 붉은 피가 땅을 물들였습니다. 망나니는 피가 흐른 땅을 아무렇지도 않은 듯 밟고 지나가 형장 가운데에 있던 단에 머리를 올려놓았습니다. 너무나도 자연스러운 동작이라 끔찍하다는 느낌조차 들지 않았습니다. 매일 세수하고 밥을 먹듯 자연스럽게 칼을 들어 사람의 목을 벤 것입니다. 구경하던 군관 하나가 혀를 끌끌 차며 말했습니다.

"저놈들 좀 보게나. 우리야 철천지원수가 죽어 기쁘다고 쳐도 저놈들은 뭐가 그리 좋은지…….."

저놈들이란 형 집행을 참관하기 위해 대마도 측에서 파견한 사람들을 말하는 것입니다. 그들은 영목전장의 목이 떨어지는 순간부터 웃고 박수치고 떠들어 댔습니다. 칼을 뽑아 들고 목을 치는 흉내를 내는 사람도 있었지요. 동료의 죽음도 그들에게는 한갓 놀이에 지나지 않는 모양입니다. 좀처럼 왜인들을 비난하지 않던 이언진도 참지 못하고 한마디를 보탰습니다.

"예의라고는 모르는 오랑캐 놈들 같으니라고."

모두가 왜인들을 비난하고 있는 중에도 나의 시선은 영목전장의 잘린 머리에 박혀 있었습니다. 오기 전 상상했던 만큼 끔찍하지는 않았습니다. 입이 살짝 뒤틀려 있는 모습을 제외한다면 꼭 자고 있는 사람 같기도 했습니다. 머리에다 손을 얹고 흔들면, 내가 너무 오래 잤나, 하고 너스레를 떨며 금방이라도 눈을 뜰 것만 같았습니다. 나는 그 머리를 오랫동안 쳐다보았습니다. 유난히도 둥근 영목전장의 머리는 내 머리와 너무도 닮아 있었습니다.

돌아오는 길에 나는 연희에게서 받은 편지를 찢어 강물에 뿌렸습니다. 무심한 강물은 내 속도 모르고 연희의 편지를 빠르게 하류로 흘려보냈습니다. 눈을 감았습니다. 받은 뒤 수십 번은 더 읽었을 편지 내용이 머릿속에 저절로 떠올랐습니다. 편지가 전하는 소식은 두 가지였습니다. 할아버지가 세상을 떠났다는 것이 첫 번째였습니다. 여느 때처럼 술에 잔뜩 취해 돌아오던 할아버지는 집 앞 서너 걸음 못 미친 곳에서 쓰러졌고, 그 길로 세상을 떠났습니다. 의식이 없었던 까닭에 별다른 고통은 겪지 않았다고 합니다. 할아버지에게는 과분한 장례가 치러졌습니다. 장례를 주관한 이는 이정이었습니다. 연희는 내가 궁금하게 여길 것으로 생각했는지 할아버지의 죽음부터 장례식에 이르는 과정을 꼼꼼히 적었습니다.

두 번째 소식은 첫 번째 소식에 비하면 너무도 간단했습니다. 내가 자세히 알고 싶은 것이 실제로는 두 번째 소식이었다는 사실을 연희 또한 모르지는 않았겠지요. 하지만 그러한 궁금증에 대한 배려의 흔적은 편지의 어느 구석에서도 찾아볼 수 없었습니다. 연희는 하나의, 길지 않은 문장으로 자신에게 일어난 일을 명확하게 정리했습니다.

보름 후 혼례를 치르기로 했어.

편지 속의 보름 후는 이미 지난 지 오래였습니다. 나는 눈을 뜨고 멍하니 강물을 보았습니다. 끊임없이 흐르는 강물이 나를 과거로 이끌었습니다. 머릿속에서 인정하기를 거부했던 연희와의 마지막 순간이 느릿느릿 물결 속에 떠올랐습니다. 나는 침을 삼키고는 그 모습을 뚫어져라 쳐다보았습니다.

이정의 사랑방에서 나온 나는 연희가 있는 안채로 향했습니다. 이정은 돌아가려고 일어선 나에게 연희를 잠시 만나 보고 가라고 했습니다. 뜻밖이었습니다. 어릴 때는 동기처럼 흉허물 없이 지냈지만 머리가 커지고 남녀가 유별하다는 사실을 안 뒤로는 점점 만남이 뜸해지다가 그즈음에는 얼굴 한번 제대로 보기도 힘들어진 사이였으니까요.

연희는 대청마루에 앉아 수를 놓고 있었습니다. 아, 연희는 언제 봐도 예뻤습니다. 반달형 눈매에 갸름한 턱 선은 어릴 때부터 보아 온 그대로였습니다. 하지만 연희의 성격 또한 외모처럼 곱다고 생각해서는 안 됩니다. 이렇게 말할 수 있겠습니다. 연희는 불같은 성격을 지녔다고요. 연희는 하고 싶은 말을 가슴속에 담아 두지 못했고, 남자에게 무조건 순종해야 한다는 법도도 도무지 이해하지 못했습니다. 물론 지금의 연희는 예전과는 많이 달라졌지요. 하고 싶은 말을 바로바로 말하지 않고 가슴 깊이 꽁꽁 숨겨 두는 요령을 깨치게 되었고, 속마음을 누른 채 남자 앞에서 고개를 숙이는 형식적인 미덕을 받아들이게 되었지요. 그렇다고 연희 본래의 성격이 완전히 바뀐 것은 아니었습니다. 연희는 가끔씩 나를 볼 때마다 여전히 작은 일에 얼굴을 붉혔고, 눈초리를 올렸고, 입을 벌려 용처럼 화를 토해 냈습니다. 그래도 나는 그런 연희가 좋았습니다.

연희는 나를 힐끗 본 뒤 다시 고개를 숙였습니다. 아무래도 남자인 내가 먼저 말을 꺼내는 게 도리일 것입니다.

"나, 일본에 간다."

"그 이야기는 들었어. 정말 좋겠다. 나는 언제나 이 부산 땅을 벗어날 수 있을까?"

"한숨 쉬지 마. 동네 여자들 모두가 너를 부러워하는 것을 몰라서 그래?"

연희는 내 말을 무시하고 들으라는 듯 한 번 더 한숨을 내쉰 뒤 살짝 웃어 보였습니다. 그 모습이 너무도 예뻐서 내 가슴이 마구 두근거렸습니다. 나는 목청을 가다듬은 후 조심스럽게 속마음을 드러냈습니다.

"난 부자가 될 거야. 이정 어른이나 한양의 변승업처럼 큰 부자가 될 거라고."

생각보다 크게 튀어나온 목소리에 말한 나도 흠칫 놀랐습니다. 그러나 연희는 웃지 않았습니다. 오히려 심각한 얼굴이 되었습니다.

"청유야."

"응?"

"왜 부자가 되려 하는 거니?"

"그거야 뭐, 부자는 좋으니까……."

"혹시 나를 각시로 삼고 싶어서 그러는 거니?"

"그게 아니라, 그냥……."

너무도 정확히 내 속마음을 꼬집어 말하는 바람에 당황해서 말을 더듬었습니다. 연희가 고개를 저었습니다.

"넌 잘못 생각하고 있어. 중요한 건……."

"아냐, 난 부자가 되고 싶어. 가난한 게 얼마나 무서운 건지 너는 몰라. 이제 가난은 정말 싫어. 난 사람들에게 고개 숙이지 않고 떳떳하게 살고 싶단 말이야. 그래야 너에게도 부끄럽지 않을 테고."

"청유야, 나는……."

"왜?"

연희는 입술을 깨물고는 한참 후에야 다시 입을 열었습니다.

"대마도까지 가는 뱃길은 제법 험하대."

"고작 하루 뱃길인걸."

"병나지 않도록 조심해."

나는 대답 대신 하늘을 보았습니다. 아직 어리기는 해도 어엿한 조선의 사내대장부였습니다. 내가 좋아하는 연희 앞에서 눈물을 보이기는 싫었습니다.

"이것 받아."

연희가 수를 놓던 것을 수틀에서 꺼내 내게 건넸습니다. 〈곤여 만국 전도〉를 정성스럽게 수놓은 비단 손수건이었지요. 생각지도 못했던 소중한 선물이었습니다. 한참을 바라보다 정성껏 접어 허리춤 주머니에 넣었습니다. 뜻밖의 환대에 잔뜩 달아올랐던 마음은 이어진 연희의 말로 한순간에 산산조각이 났습니다.

"돌아오면 나를 볼 수 없을 거야."

"그게 무슨 말이니?"

"무슨 말인지는 잘 알고 있잖니."

"조금만 기다려 주면 안 될까?"

"청유야, 그동안 나에게 잘해 준 것, 정말 고맙게 생각해. 하지만 그 이상은 아니야."

"그래도……."

"널 좋아하려 애를 썼는데 잘 되지가 않아."

"애를 썼다는 건 무슨 뜻이지?"

"지금 그런 이야기가 무슨 소용이 있겠니? 아무튼 잘 다녀
와."

그 말을 끝으로 연희는 방으로 들어가 버렸습니다. 연희와 나
는 그렇게 헤어진 것입니다. 그러니까 연희가 내게 준 손수건은
정표가 아니라 그간의 우정에 대한 고마움의 표시에 지나지 않
았습니다. 바보가 아닌 이상 그 뜻을 모를 리 없었습니다. 하지
만 나는 일본에 온 이래 틈만 나면 손수건을 꺼내 연희를 떠올
리며, 즐거웠던 지난 시절을 하나하나 더듬었습니다. 그런 회
상 속에서 연희는 나의 둘도 없는 친구였고, 미래의 각시였습니
다. 연희를 각시로 삼는 게 어쩌면 불가능한 일은 아닐 수도 있
다는, 부질없는 희망이 날로 커져만 갔습니다. 그건 말 그대로
부질없는 희망이었고, 나 혼자 꾸는 백일몽이었습니다. 연희의
마지막 편지를 받은 지금 생각해 보면 내가 과연 연희를 좋아했
던가 하는 것도 확실하지 않았습니다. 혹시 나는 연희가 아니
라 이정의 딸, 거부의 딸 연희를 꿈꾸었던 것은 아닐까요? 어쩌
면 연희가 아니라 이정이 내 아버지가 되기를 꿈꾸었던 것은 아
닐까요? 그렇게 해서 산산조각 났던 가족을 새로이 얻고 싶었
던 것은 아닐까요? 아, 어떻게 그런 일이 가능하다고 생각했는
지⋯⋯. 어리석은 아이 같던 나.

이언진이 조용한 목소리로 나를 불렀습니다.

"이제 그만 내리자꾸나."

어느덧 배는 포구에 정박해 있었고, 배 안에는 이언진과 나, 둘만이 남아 있을 뿐이었습니다.

새로운 출발

배가 그때서야 비로소
항구에 정박하니 포성이 들렸다.
……정사가 남원의 상품上品 종이
세 묶음을 꺼내 상으로 주며 말했다.
"대판에서의 일은
그대의 말이 나의 뜻에 가장 잘 맞았다.
이 종이는 그것을 기념하여 주는 것이다."
내가 웃으면서 대답했다.
"여러 사람이 같은 생각을 했으나 입이 가벼운 제가
나서서 말했을 뿐입니다. 어찌 감히
공께서 주시는 상을 저 혼자 차지하겠습니까?"
나는 물러나 그 종이를 일행들에게 고루 나누어 주었다.

– 성대중의 『일본록』 중에서

갑신년甲申年(1764년) 6월 22일, 나는 다시 부산 땅을 밟았습니다. 부산을 떠난 지 8개월 보름 만이었지요. 갯바람 부는 바닷가는 사람들로 가득 차 있었습니다. 관리들, 통신사 일행의 가족들, 연고 없는 구경꾼들로 발 디딜 틈조차 찾기 힘들었습니다. 서로 먼저 만나 보겠다고 소리를 지르며 난리를 치는 것이 왜인들이 보였던 질서정연한 태도와는 사뭇 달랐습니다. 너무도 조선다운 풍경에 비로소 고국에 돌아온 것을 실감했습니다.

나는 무거운 마음으로 배에서 내렸습니다. 그런 나를 더욱 가라앉게 만든 것은 한 무리의 통곡하는 사람들이었습니다. 대여섯 살 정도 되어 보이는 아이를 포함한 일가족이 배를 바라보며 울부짖고 있었습니다. 귀 기울여 곡성을 들어 보니 죽은 최천종의 가족이었습니다. 나도 모르게 그들을 향해 걸어가기 시작했습니다. 그들 앞에 서서야 정신을 차린 나는 정신머리 없는 스스로에게 욕을 내뱉었습니다. 도대체 왜 이들에게로 온 것일까

요? 죽은 최천종의 혼이 끌어당기기라도 한 것일까요? 가족 중
에는 외눈박이 남자가 하나 있었습니다. 통신사 일행이라는 것
을 눈치 챈 그 남자는 내게로 와 다짜고짜 멱살을 잡았습니다.
너무도 갑작스러운 일이라 피할 새도 없었지요. 버둥거리는 나
를 구한 것은 이언진이었습니다. 이언진의 날카로운 목소리가
들렸습니다.

"이놈아, 어서 가자."

나는 남자가 외눈으로 이언진을 바라보려고 몸을 돌린 틈을
이용해 간신히 그의 손아귀에서 빠져나올 수 있었습니다.

"뭐하러 그자들에게 갔느냐?"

"저도 모르게 그만……."

"정신 차려라. 네가 잘못한 것은 하나도 없다."

"그래도……."

"그 일은 이제 잊어라. 지금은 네 일이 더 급하다는 것을 잊어
서는 안 된다. 자, 마음의 준비는 되었겠지?"

"네."

"얼굴에 근심이 가득하구나. 염려하지 마라. 다 잘될 것이니."

"나리만 믿겠습니다."

"어서 앞장을 서기나 해라."

성큼성큼 걸음을 내딛기는 했지만 마음은 무거운 돌이라도 올
려진 것처럼 답답하기만 했습니다. 나는 지금 장유한의 집으로

가는 것입니다. 장유한의 집으로 가서 무얼 어떻게 하겠다는 것인지는 알 수가 없었습니다. 문제의 해결은 온전히 이언진의 몫이었으니까요. 그는 내게 염려 말라고 몇 번이고 말했지만 백 마디 호언장담보다는 눈에 보이고 만질 수 있는 재물이 필요한 일이었습니다. 장유한은 나를 보자마자 일이 어떻게 되었는지를 제일 먼저 묻겠지요. 인삼을 잃어버렸다고 말하면 한바탕 난리가 날 것은 보지 않아도 뻔했습니다. 이언진이 나선다고 해도 장유한이 원하는 것을 건네지 않는 이상 일의 결말이 바뀔 가능성은 거의 없어 보였습니다.

마을 입구에서 발걸음을 멈추었습니다. 골목 맨 끝이 바로 장유한의 집이었습니다. 가슴이 어찌나 쿵덕쿵덕 뛰어 대는지 발을 붙이고 서 있기도 힘들었습니다. 한 걸음 한 걸음 걸어 장유한의 집 앞에 서자 이번엔 얼굴이 화끈거리고 머리가 어지러웠습니다. 나는 가슴을 붙잡고 자리에 앉았습니다. 이언진은 아무 말 없이 내 뒤에 서서 기다렸습니다. 잠시 후 나는 입술을 감춰 물고 다시 일어나 문을 열었습니다.

집 안에는 아무도 없었습니다. 뜻밖이었습니다. 내가 아는 장유한이라면 삐거덕 문이 열리는 소리를 듣자마자 방문을 열고 고개를 내밀었어야 했습니다. 아닙니다. 그가 그런 정도의 질긴 인내심을 가졌을 턱이 없었습니다. 침을 찍찍 뱉어 대며 골목 초입에서부터 나를 기다리고 있어야 마땅한 사람이었습니다.

그도 아니면 부둣가에서부터 눈을 희번덕거리며 먹이가 도착하기만을 올빼미처럼 초조하게 기다리고 있어야 했습니다. 그런데 왜 이리 조용한 것일까요?

"왜관에 갔나 봐요."

집 안을 둘러보던 이언진은 신발을 신은 채 마루에 올라가 방문을 열었습니다. 뒤따라 올라간 나는 한숨을 토해 냈습니다. 넘어진 책장, 찢긴 병풍 사이로 세간붙이들은 마구 흩어져 있었습니다. 안방이며 부엌도 마찬가지였고요. 그 모든 광경이 말해 주는 답은 한 가지밖에 없었습니다. 장유한은 이곳에 없는 것입니다. 정신이 버쩍 들었습니다. 이정의 짓이 분명했습니다. 할아버지와 이언진이 이정에 대해 하는 말을 듣고도 마음 한구석으로는 여전히 이정을 신뢰했던 나였지요. 이제는 아니었습니다. 이정의 본모습을 사라진 장유한을 통해 확실히 인식하고 만 것입니다. 그는 결코 내 아버지가 될 수 없었고, 되어서도 안 되는 사람이었습니다. 믿기지 않았지만 그것이 진실이었습니다. 나는 이정의 집을 향해 달려갔습니다. 이언진이 뒤따라오며 내 이름을 불러 댔지만 나는 결코 뜀박질을 멈추지 않았습니다.

사랑방으로 뛰어든 나를 맞이하는 이정의 표정이 낯설었습니다. 늘 당당하면서도 온화함을 잃지 않았던 이정이었습니다. 대장부 같은 그의 태도에 속으로 감탄하며 그가 내 아버지였다면 하고 수도 없이 바랐었지요. 그러나 지금 보니 그는 그런 사람이 아니었습니다. 그의 얼굴에는 천박함과 졸렬함이 묵은 때처럼 덕지덕지 묻어 있었고 자신의 속셈을 속이려고 잔뜩 꾸민 티가 너무도 역력했습니다. 왜 예전에는 저 얼굴에 묻은 더러움과 거짓을 보지 못했을까요. 나는 인사도 생략한 채 다짜고짜 그에게 물었습니다.

"장유한을 어떻게 한 겁니까?"

"무슨 말을 하는지 모르겠구나."

"더 이상 저를 속이지 마세요. 저도 다 아니까요."

"무얼 안다는 것인지⋯⋯. 일본에서 배워 온 것이 고작 무례함이냐? 우리 조선의 예의라는 것은 다 어디로 갔는고?"

"둘러대지 마시고요, 장유한을 어떻게 했는지나 말하세요."

"나는 장유한이 누군지를 모른다."

"왜관의 장유한 말입니다."

"모른다니까."

"제가 누군지도 잊어버리신 것은 아니겠지요?"

이언진이었습니다. 내 옆에 앉은 그는 숨을 거칠게 몰아쉬고 있었습니다. 이정의 얼굴에 묘한 표정이 스쳤습니다. 먹이를 잡아먹기 직전의 삵과 같은, 비열하면서도 흥분이 가득한 표정. 너무도 끔찍해 이를 갈게 되더군요.

"자네까지, 재미있군 그래. 도대체 무슨 용무로 이렇게들 나를 찾아오셨는가?"

이 작자의 여유는 도대체 어디에서 나오는 것일까요? 당황해야 분명한 그가 오히려 나와 이언진을 비웃고 있었습니다. 그 뻔뻔함에 치밀어 오르는 분노를 더 이상 참을 수 없었습니다.

"제 아버지와 함께 밀무역을 했던 게 사실입니까?"

"이것 참……. 도통 무슨 말을 하는지 모르겠구나."

아버지의 이야기가 나오자 이정의 표정이 조금 굳어졌습니다. 나는 눈을 질끈 감았다 뜨고는 다시 물었습니다.

"귀가 안 좋으신 모양이니 다시 묻겠습니다. 제 아버지와 함께 밀무역을 하셨습니까?"

"네 이놈, 아버지가 없는 것이 안되어 아들처럼 대했더니 무슨 망발이냐?"

"묻는 말에나 답해 주세요. 어른과 제 아버지가 동업을 했다 하더군요. 사실입니까, 거짓입니까?

"네 할아버지가 그러더냐? 말년의 네 할아버지는 정신이 온전한 사람이 아니었다."

"안 되겠군요. 다시 묻겠습니다. 내 아버지를 죽인 사람이 바로 당신이지요?"

이정이 허허 웃더니 고개를 저으며 말했습니다. 그의 수염 끝이 살짝 떨리는 것을 나는 놓치지 않았습니다.

"더 이상 못 들어 주겠구나. 애초부터 너 같은 놈에게 신경 쓰지 말았어야 할 것을. 내가 왜 어울리지 않게 인정을 베풀었을 꼬. 그만 나가거라."

"못 나가겠다면 어쩌시겠습니까?"

"좋게 말할 때 나가거라. 괜히 사서 고생하지 말고."

내 눈에 〈곤여 만국 전도〉가 그려진 병풍이 들어왔습니다. 좌우 한 폭씩에는 글씨가 쓰여 있고 가운데 여섯 폭에는 타원형 지도가 그려져 있었습니다. 너무도 아름답고 훌륭해서 추한 이정과는 도무지 어울리지 않는 지도였습니다. 나는 주먹을 움켜쥐고 병풍 앞으로 갔습니다. 이정이 무어라 말하며 몸으로 병풍을 막았지만 내 젊은 혈기를 감당하기에 그는 너무 늙었습니다. 주먹으로 병풍을 쳤습니다. 병풍에 조선만 한 크기의 구멍이 뚫렸고 내 주먹에서는 피가 샘솟았습니다. 아팠습니다. 나는 그래도 주먹질을 멈추지 않았습니다. 하인들이 들어와 내 몸을 병풍에서 떼어 놓았습니다. 이언진의 목소리가 들리는가 싶더니 이내 들리지 않게 되었습니다. 덩치 좋은 하인들이 사정없이 발길질을 해 댔습니다. 나의 팔, 다리, 가슴이 돌아가며 어이쿠 비명을 질러 댔습니다. 하지만 하나도 아프지 않았습니다. 나는 오히려 웃음을 터뜨렸습니다. 아, 삶이란 이해할 수 없는 것인가 봅니다. 이런 상황에서 웃음이 터져 나오다니 말입니다. 오히려 살아오면서 이렇게 즐거웠던 적은 한 번도 없었던 것 같다는 생각에, 나는 웃음을 멈추지 못하였습니다. 잔뜩 화가 난 이정의 목소리가 들렸습니다.

"이놈, 맞는 것이 즐겁더냐?"

"한번 맞아 보시렵니까?"

"아비랑 똑같군 그래. 아비 놈은 물소 뿔을 훔치더니 자식 놈은 인삼을 훔치고. 부산을 지나는 모든 재물의 주인이 나라는 것을 네 녀석은 몰랐더냐?"

"사람 목숨보다 재물이 중요합니까?"

"그걸 말이라고 하느냐? 길바닥에 널린 것이 사람들 아니더냐?"

몸을 일으키려 하자 두툼한 발이 내 머리를 지그시 밟았습니다. 이정의 말이 이어졌습니다.

"마지막으로 네놈에게 충고를 하나 하마."

"충고는 무슨……."

"돈 주고도 못 듣는 것이니 입 닥치고 들어. 너에게 베푸는 마지막 자선이다. 세상은 그렇게 만만하지가 않아. 남의 것을 빼앗지 못해 안달하는 인간들로 가득 차 있지. 그런 인간들로부터 자신을 지키려면 남보다 앞서가야 해. 간단한 원칙이지. 남보다 앞설 것. 뒤처지면 그것으로 끝이다. 어때, 네 우둔한 머리로도 충분히 이해했겠지?"

이정의 설교가 끝나자 나와 이언진은 하인들에 의해 집 밖으로 쫓겨났습니다. 우리는 서로의 꼴을 보고는 한바탕 웃음을 터뜨렸습니다. 이언진이 옷매무새를 다듬었습니다. 발자국이 찍히고 여기저기 찢긴 옷을 나름대로 다듬는 걸 보니 또 웃음이 터져 나왔습니다. 이언진도 빙그레 웃었습니다.

"세상이란 참 신기한 곳이지?"

"네."

"자, 그럼 여기서 헤어지는 것으로 할까?"

"그동안 여러모로 감사했습니다."

"인연이 있으면 또 만나겠지."

이언진은 사람 좋아 보이는 웃음을 지은 뒤 뒤돌아서 걷기 시작했습니다. 가슴속에서 무엇인가 뜨거운 기운이 치밀어 올라왔습니다. 나는 완전한 혼자였습니다. 고향이라는 곳에 돌아왔지만 의지가지없는 외로운 나그네 신세에 지나지 않았습니다. 어찌나 외로운지 장유한마저도 그리울 정도였습니다. 이언진의 뒷모습을 보았습니다. 휘적휘적 걷는 폼이 어쩐지 외로워 보였지요. 나는 이언진에게로 달려가 그의 앞에 무릎을 꿇었습니다.

"나리, 저도 데려가 주십시오."

"어디로 데려가 달란 말이냐?"

"한양으로요."

"한양은 뭐 하러 가려 하느냐?"

"문을 부수고 싶습니다."

이언진이 하늘을 한번 보더군요. 하지만 그가 마음을 결정하기까지는 그리 오랜 시간이 필요하지 않았습니다.

"안 그래도 빈천한 살림에 건장한 사내놈까지 하나 더 붙었으니 도대체 무얼 먹고 산다?"

"무엇이든 열심히 하겠습니다. 그러니 무지한 제가 문을 부술 수 있도록 깨우쳐 주십시오."

"정말 열심히 해 보겠느냐?"

"네."

"그럼 가자."

그것으로 나의 한양행은 결정되었습니다. 이제 내가 가슴에 담고 살아야 할 것은 연희도 이정도 아니었습니다. 굳세게 닫혀 있는 세상의 문을 부수기 위해 열심히 살아야 하겠지요. 함께 길을 나서는 순간 얼굴이 익은 사람 몇이 나타났습니다. 앞에 선 사람은 바로 부사였습니다. 이언진이 살짝 고개를 숙여 보이자 부사는 헛기침을 하며 고개를 돌렸습니다. 나는 돌아서서 그들이 이정의 집 안으로 사라지는 것을 보았습니다. 이언진이 나를 재촉했습니다.

"어서 가자꾸나. 갈 길이 멀다."

세상의 끝에서도 나는 혼자가 아니다

아란타국의 사람들이 가장 이상하여
길지 않은 머리카락을 뒤에서 묶고
붉은 비단옷을 입고 전립을 머리에 쓰며
구슬로 장식한 신을 신는다.
그 윗도리는 모두 기이한 비단으로 만들었는데
매우 좁아서 겨우 몸을 감쌀 정도이고
바지 또한 양쪽 다리만을 간신히 뀈 정도라서
굽혔다 폈다 하기가 힘들다.
그래서 그들은 의자 하나씩을 가지고 다니다가
앉을 일이 생기면 의자를 펴고 앉아 다리를 편다.

– 성대중의 『일본록』 중에서

뱃사공을 제외하고는 모두들 잠이 들었습니다. 구름이 달을 꼭꼭 가리는 바람에 배에 켜 둔 등불만이 주위를 밝히고 있었습니다. 나는 홀로 깨어 바다를 바라봅니다. 어두운 만큼 바다가 만들어 내는 소리는 더욱 크게 들립니다. 간간이 큰 파도가 일어 머리끝을 살짝 살짝 적십니다. 바다는 사람의 마음을 닮았습니다. 아무리 눈을 부릅뜨고 보아도 그 검은 속은 도무지 짐작할 수가 없습니다. 낮은 한숨을 내쉽니다. 머리에 시 하나가 둥실 떠오릅니다. 잠든 사람들이 깨지 않도록 나지막이 시를 읊어 봅니다.

피 끓는 기운은 언젠가 다하겠지만
드높은 이름은 세상에 영원히 남으리.

오랫동안 되새겨 이제는 외우게 된 시구절입니다. 그것은 혜

환 이용휴가 죽은 이언진에게 바친 시의 일부였습니다. 이언진의 스승이었던 이용휴는 열 편의 아름다운 시로 이언진의 짧았던 삶을 정리했습니다. 이언진은 조선 최고의 시인이 되겠다는 꿈을 지녔고 그 꿈을 이루기 위해 피 끓는 노력을 했습니다. 하지만 내가 보기에 이름을 영원히 드높이겠다는 것은 부질없는 꿈이었습니다. 꾸어서는 안 되는 꿈이었습니다.

이언진은 역관이었습니다. 역관은 역관이어야 했습니다. 역관이 시인을 꿈꾸어서는 안 되었습니다. 조선에서는 오직 양반만이 시인이 될 수 있었으니까요. 그것이 바로 조선 사람들의 생각이었습니다.

왜인들은 달랐습니다. 왜인들에게 이언진은 시인이었습니다. 누에가 실을 뽑듯 자리 잡고 앉기만 하면 아름답고 힘 있는 시들을 저절로 만들어 내는 타고난 시인이었습니다. 일본에 있었을 때 이언진은 행복했습니다. 자신의 시를 알아주는 사람들이 있었기 때문입니다. 조선에 돌아온 뒤 이언진은 불행했습니다. 자신이 쓴 시의 진가를 알아주는 사람들이 너무도 적었기 때문입니다.

일본에서 이름을 얻고 돌아왔지만 시를 말하기 위해 그의 집을 찾는 사람은 없었습니다. 박지원이 내린 야박한 평가 탓이었습니다. 시를 알아볼 수 있는 감식안이 없는 사람들이 기대는 것은 유명 인사의 말 한마디였습니다. 일본에서 성공을 거두었지만 왜인을 무시하는 조선 사람들에게 일본에서의 인정은 아무런 의미도 없는 것이었지요. 처음에 이언진은 별로 초조하게 생각하지 않았습니다. 열심히 시를 쓰다 보면 결국은 인정을 받을 수 있다고 굳게 믿었던 것이겠지요. 그러나 시간이 지날수록 들려오는 말들은 그의 시와 일본에서의 행적에 대한 비난뿐이었습니다.

이언진은 그런 소문을 들을 때마다 조금씩 흔들렸습니다. 쓸데없는 말들 따위에 신경 쓰지 말라고, 내 딴에는 진심을 다해 조언을 했지만 나의 조언은 왜인들의 칭찬만큼이나 무가치한 것이었습니다. 그의 귀는 온통 세상의 소문에만 쏠려 있었으니까요. 그에게 불만을 토로하는 날이 점점 많아졌습니다. 왜 문을 부수지 않고 자꾸 두드리냐고 말이지요. 그는 묵묵부답으로 나의 불만에 대한 답을 대신하곤 했습니다. 그때 그를 조금 더 괴롭혔더라면 좋았을 것을, 조선에 대한 미련을 버리게 하고 세상을 시로써 두들기게 할 용기를 북돋아 주었더라면 좋았을 것을. 물론 이제는 다 지나간 일입니다.

그가 죽기 얼마 전의 일이 떠오릅니다. 우리의 마지막 다툼이 있었던 날이기도 하지요. 서재에서 책을 읽고 있는데 이언진이 들어오더군요. 그의 얼굴을 본 나는 깜짝 놀랐습니다. 그의 표정은 처용 가면처럼 괴상해서 웃고 있는지 화를 내는 것인지 도무지 알 수가 없었습니다. 그는 비스듬히 벽에 기대 앉아 나를 보았습니다. 자세히 보니 술을 마신 듯했습니다.

"청유야, 내가 지은 시를 한번 들어 보겠느냐?"

"네."

이언진의 시를 들어 보는 것은 일본에서 돌아온 이후 처음이었습니다. 나는 늘 혼자서 책을 읽었고, 이언진은 가끔씩 등 뒤에 서서 내 모습을 말없이 지켜보는 것이 고작이었습니다. 그런 그가 지금 내게 시를 읊겠다고 말하는 것입니다. 나는 침을 꼴깍 삼키고는 무릎을 바짝 붙였습니다. 그는 눈을 감더니 낮은 목소리로 시를 읊기 시작했습니다.

글 쓰는 사람은 유난히도 병이 잘 나고
시 쓰는 사람은 시름을 너무도 잘 알지.
그것들 모두를 한 몸에 지고 있으니
다른 이에게 주지도 받지도 못하겠네.

쑤시는 뼈와 살을 문질러 보네.
팔이 저려서 요강도 못 들겠네.
그래도 시를 들으면 잊지 않으려 고개를 끄덕.
혹시라도 밥 먹다 잊을까 봐 걱정이 태산.

이언진이 눈을 뜨더니 내게 물었습니다.

"어떠냐?"

난처한 질문이었습니다. 이 시는 일본 시절의 시와는 달랐습니다. 넘치던 힘이 사라지고 침울함이 가득했습니다. 나는 솔직하게 말하기로 했습니다.

"뭐랄까, 너무 우울한 듯합니다."

"우울하다……. 그런 게 느껴지느냐?"

"느껴지는 게 아니라 넘쳐 납니다. 왜 그리 시가 어두워졌습니까?"

"어둡다……. 왜 그런 것일까?"

"그만하십시오. 정말 못 봐 주겠습니다."

"허허, 왜 그런 것일까?"

정말 그 이유를 모르는 것일까요? 우울함에 침잠해 있으니 그런 시가 나온다는 것을 정말 그는 모르는 것일까요? 화가 난 나는 버럭 소리를 질렀습니다.

"어린애처럼 왜 그러십니까? 계속해서 궁상을 떠실 겁니까?"

이언진이 내 얼굴을 물끄러미 쳐다보더군요. 그런데 그의 눈에는 초점이 없었습니다. 답답하고 화가 나서 한바탕 더 퍼부으려는데 그가 먼저 입을 열었습니다.

"오늘 박지원의 집에 갔다."

"네?"

"들어가지는 못하고, 밖에서 한참을 망설이기만 했지."

"도대체 왜……."

"나는 그런 인간이야. 조선 땅에서 인정받기를 갈구하는, 그런……."

"우리 일본으로 갑시다."

"뭐라고?"

"일본으로 가자고요, 문을 부수는 게 아니라 새로운 문을 향해 가는 겁니다. 문은 하나만 있는 게 아니잖아요."

"아니다. ……나는, 조선에서……."

그는 말을 끝내지 못했습니다. 그렇게 쓰러진 이언진은 결국 기력을 회복하지 못했습니다. 따지고 보면 그가 죽은 것은 병 때문이 아니었습니다. 그는 조선에 대한 미련을 버리지 못했기 때문에 벌을 받고 죽은 것입니다.

생각은 이언진이 끝까지 매달리려 했던 남자 박지원에게로 달려갑니다. 이언진이 죽은 뒤 내가 가장 먼저 찾아간 곳은 바로 박지원의 집이었습니다. 거칠게 문을 두드리자 박지원은 잠이 덜 깬 듯 잔뜩 부은 눈으로 나타났습니다. 그의 입에서는 지독한 술 냄새가 풍겼습니다. 나는 잠시 숨을 멈추었다 부음을 전했습니다.

"이언진 나리께서 돌아가셨습니다."

눈을 비비던 박지원이 깜짝 놀라 되물었습니다.

"지금 뭐라고 했느냐?"

"나리께서 돌아가셨습니다."

박지원은 그 자리에 털썩 주저앉았습니다. 움켜쥔 내 주먹이 부르르 떨렸습니다. 꿋꿋하게 있으려 했지만 더 이상 참을 수 없었습니다. 나는 울음 섞인 목소리로 박지원에게 물었습니다.

"나리의 시가 그렇듯 형편없었습니까?"

박지원은 아무런 말도 하지 않았습니다. 그저 멍한 눈빛으로 허공만을 보고 있을 뿐이었지요. 나는 더 큰 소리로 외쳤습니다.

"나리의 시가 그렇듯 형편없었느냐고 묻지 않습니까?"

박지원이 일어나더니 내 곁으로 천천히 다가왔습니다. 박지원은 내 어깨에 손을 얹었습니다.

"내가 본 시들 중 가장 훌륭했다."

"그렇다면, 도대체 왜 그리 험하게 대하셨습니까?"

"그건……. 재주가 너무 뛰어나기 때문이었다. 겸손이 더해지지 않으면 자칫 망가지기 쉬운 것이 재주다. 나의 비판이 겸손한 마음을 이끌어 낼 수 있을 거라 생각했지."

"그 말을 왜, 이제야 하십니까?"

"정말, 이렇게 될 줄은 몰랐구나. 내 말이 그의 가슴에 대못을 박은 격이 되었구나."

"양반들이란 정말……. 당신이, 당신이 나리를 죽인 거예요."

나는 그에게 악을 써 댔지만 그는 눈을 질끈 감은 채 말없이

서 있을 뿐이었습니다.

박지원, 그는 정말 나쁜 사람일까요? 그때는 그에게 너무 화가 나 그가 한 말을 제대로 곱씹어 볼 생각도 하지 않았습니다. 하지만 이제 그의 말을 차근차근 생각해 보면서 나는 고개를 끄덕거리게 됩니다. 그의 말이 맞습니다. 세상은 재능 하나만으로 살아갈 수 없는 곳입니다. 사람들의 이해가 없다면 이내 묻혀 버리는 것이 비범한 재능의 종말입니다. 박지원의 말은 아마도 때를 기다리라는 금언金言으로 요약할 수 있을 것입니다. 그의 말에 충분히 공감하기는 하지만 한편으로는 아쉬움도 남습니다. 이왕 충고를 하려고 했다면 조금 더 과감하게 하는 것이 어땠을까요. 어쩌면 조선에서는 영원히 올바른 때라는 것을 만나지 못할 수도 있다고 말입니다. 그랬다면 이언진은 조선이 자신을 알아주기를 바라며 재능을 허비하지 않아도 되었을 것입니다. 그가 죽은 지금은 다 부질없는 가정이기는 하지만 말입니다.

조선을 떠나기 전 나는 내가 지니고 있던 이언진의 시문들을 박지원에게 건넸습니다. 그것을 어떻게 처리할지는 온전히 그가 결정할 일입니다. 그에게 시문들을 줌으로써 나의 책임은 끝이 났으니까요.

연희, 이제 연희를 말할 차례입니다. 연희를 생각하는 것도 이것이 마지막이겠지요. 연희, 쑥스러운 고백이지만 한양에서 나는 연희를 만난 적이 있습니다. 연희는 이정만큼 부유한 역관의 아들과 혼인했습니다. 나는 이언진에게 부탁해 연희를 볼 수 있었습니다. 기대와 흥분으로 숨조차 쉬기 힘들었지만 막상 연희를 보자 그 마음들은 신기루처럼 사라져 버렸습니다.

한 남자의 부인이 된 연희는 머리끝에서 발끝까지 평범한 여인에 지나지 않았습니다. 〈곤여 만국 전도〉를 수놓으며 바다 저편을 꿈꾸었던 연희는 사라졌습니다. 머리를 숙이고 조용조용 대꾸하는 연희에게서 예전의 특별함은 찾아볼 수 없었습니다. 연희가 바뀐 것일까요, 아니면 내가 바뀐 것일까요? 아, 그것은 영원히 답변할 수 없는 질문이겠지요. 나는 주머니에서 옥가락지를 꺼내 대청마루 위에 올려놓았습니다. 연희가 주었던 비단 손수건과 함께. 그런 뒤 연희에게 오랫동안 간직했던 질문을 하나 던졌습니다.

"내 아버지가 어떻게 죽은지 알고 있었지?"

연희가 말없이 고개를 끄덕였습니다. 그랬구나, 그랬어. 통신사로 떠나기 전 연희가 했던 말이 비로소 이해가 되었습니다. 나를 좋아하기 위해 애를 썼다는 그 말. 연희는 이정이 저지른 잘못을 알고 있었던 겁니다. 그래서 나와 결혼해 제 아버지의 잘못을 갚으려 했던 것이지요. 그러나 나는 아무리 애를 써도 좋아지지 않는 그런 사람이었습니다.

꾸벅 인사를 하고 뒤로 돌아서 걸었습니다. 연희가 불렀지만 나는 뒤를 돌아보지 않았습니다. 뒤를 보았다가는 주책없이 눈물을 쏟을 것만 같았습니다. 연희와 이정을 가족으로 삼고 싶어 했던 세월이 너무도 억울해 연희에게 마구 화풀이를 할 것만 같 았습니다. 사랑채로 향하는 문을 여는 순간 삐거덕하는 소리가 났습니다. 가슴이 덜컥 내려앉더군요. 오래된 문에서 늘 나기 마련인 그 평범한 소리를 평생 잊을 수 없을 것 같은 생각에 가 슴 한쪽이 허전해졌습니다.

구름에서 벗어난 달이 바다를 비춥니다. 일순간에 사방이 환 해집니다. 괴물 같던 바다마저 달빛 아래서는 비단이불처럼 포 근해 보입니다. 나는 까치발을 하고 난간에 기대어 바다를 봅니 다. 저 바다 너머 어딘가에는 대마도가 있겠지요. 몇 년 전 그날 처럼 가슴이 사정없이 떨려 옵니다. 몇 시간 뒤면 대마도에 도 착할 것입니다. 대마도에서 배를 옮겨 타고 장기로 갈 것입니 다. 그런 뒤 장기 앞바다의 출도에 머물고 있다는 아란타 사람 들을 찾아갈 것입니다. 어떻게든 길을 찾아 〈곤여 만국 전도〉에 서 보았던 그들의 알록달록한 땅으로 갈 것입니다. 하멜은 풍랑 에 떠밀려 어쩔 수 없이 조선에 왔지만 나는 내 발로 그들의 땅 으로 갈 것입니다.

어떤 삶이 나의 앞에 기다리고 있을지 나는 짐작조차 하지 못 하겠습니다. 내가 아는 것은 아란타라는 이름뿐입니다. 내 계획 을 들은 성대중은 그저 안타까운 표정으로 나를 보았습니다. 그러면서도 그는 아무 말 하지 않고 일본까지 가는 배를 주선해 주었습니다. 아, 한 가지 밝혀야 할 사실이 있습니다. 나는 그의 집을 떠나기 전 그에게 물었습니다. 내가 인삼을 지녔었다는 것을 혹시 알고 있었느냐고요. 그는 말없이 웃기만 하였습니다. 그는 참으로 좋은 사람입니다. 부디 그의 바람대로 조선에서 부유한 삶을 누리기를.

내가 나의 삶에 대해 아는 것은 오직 한 가지입니다. 나의 삶은 문을 두드리거나 부수는 삶이 아니라 새로운 문을 찾아 여는 삶이라는 것. 그것이 바로 이언진과는 다른 내 삶의 방식입니다. 나의 가족, 아버지이자 형이었던 이언진이 조선에서 결코 이루지 못했던 그 꿈을 이루기 위해 나는 이른 새벽부터 깊은 밤까지 열심을 다해 살 것입니다.

손을 뻗어 상투를 만져 봅니다. 이언진에 대한 그리움에 새삼 가슴이 아파옵니다. 벗어 놓았던 갓을 쓰고는 심호흡을 합니다. 일본에 도착하면 다시는 써 보지 못할 조선의 것. 차가운 밤 공기가 가슴을 식힙니다. 나는 주먹을 움켜쥐고 눈을 감습니다. 그 순간 희미한 것이 눈앞에 나타나더니 점차 명확한 형태를 갖추기 시작합니다. 나는 다시 눈을 뜨고 그것을 바라봅니다. 푸른 고래, 오래전 꿈속에서 이언진이 탔던 고래를, 이제는 바로 내가 타고 있습니다. 또 다른 나는 고래를 타고 바다를 자유롭게 떠다니고 있는 것입니다.

어디선가 이언진의 목소리가 들리는 듯합니다. 나는 얼굴 가득 웃음을 지어 봅니다. 홀연한 깨달음이 찾아옵니다. 아, 나는 혼자가 아닙니다. 내겐 죽어서도 나를 지키는 아름다운 가족이 있다는 것을 이제야 알겠습니다. 그와 함께라면 세상의 벼랑 끝에서도 나는 결코 두렵지 않을 것입니다.

　연암 박지원의 『우상전虞裳傳』이라는 작품을 읽은 적이 있습니다. 『우상전』의 주인공은 우상 이언진이라는 사람입니다. 박지원은 『우상전』을 통해 세상이 자신의 재능을 알아주기를 원하다가 끝내 그 꿈을 이루지 못하고 죽고 만, 한 시인의 일생을 우리에게 보여 줍니다.

　안타까운 일생이었습니다. 27세의 나이에 죽은 것, 중인의 한계를 벗어나고자 무던히도 애를 쓴 것, 바다 건너 일본에서 천재 시인의 대접을 받았음에도 정작 조선에서는 푸대접을 받았던 것, 모두가 안타까웠습니다. 18세기를 살았던 소년의 삶을 그리고 싶었던 저는 이언진의 좌절된 삶을 보며, 기왕이면 이언진과 소년이 같이 등장하는 소설이 어떨까 하는 생각을 하였습니다. 그 후 몇 년 동안 부족한 재능을 탓하며 머리를 두드려 대다가 마침내 짧은 소설 하나를 마무리 짓게 되었습니다.

　이 소설의 주인공 청유는 가상 인물입니다. 그러나 이언진, 성대중 등은 실존했던 인물들이며, 소설의 전개에 도움을 준 최천종 살인 사건도 계미 사행 중에 실제로 일어났던 일입니다.

여러모로 모자란 소설입니다. 조선통신사와 이언진, 그리고 그 시절 조선과 소년의 삶을 이해하는 데에 이 소설이 도움이 되면 좋겠습니다. 그리고 물론, 이 시대를 사는 청소년이 미래를 그려가는 데에 참고가 되어 조금이라도 뒤적여 볼 만한 거리가 된다면 저로서는 더 이상 바랄 것이 없겠습니다.

조선 통신사 이야기

계미 사행 癸未使行(1763년 파견된

통신사 사절단)을 중심으로

조선 통신사의 길

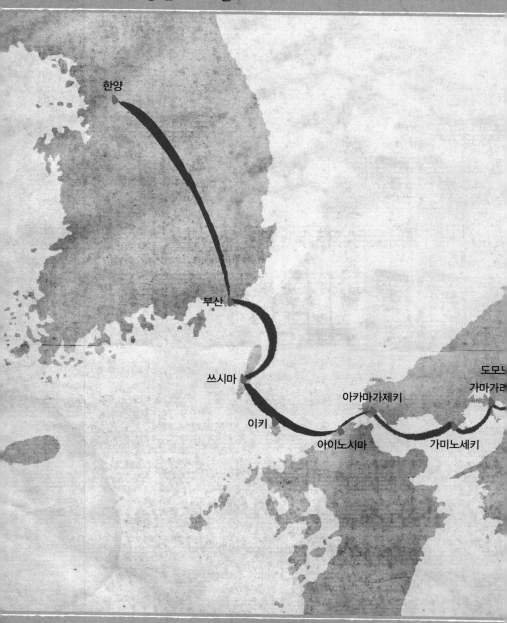

한양

부산

쓰시마

이키

아이노시마

아카마가제키

가미노세키

도모노

가마가리

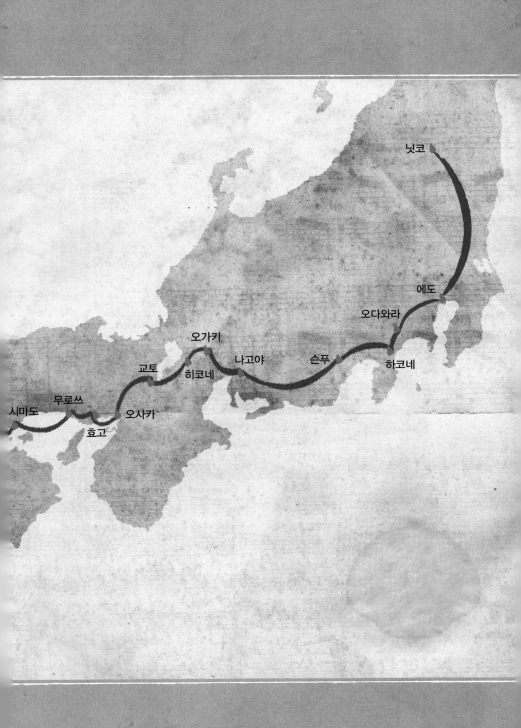

조선 통신사란 무엇인가

　조선 통신사가 역사에 처음 등장한 것은 15세기의 일입니다. 15세기는 동아시아에 명나라를 중심으로 한 새로운 역학 관계가 완성된 시기였지요. 한국와 일본의 정치 체계가 변한 것이 가장 큰 원인입니다. 1392년 조선이 건국했고, 일본에서는 무로마치 막부幕府(천황을 대신해 무사가 수립한 정부)의 3대 쇼군 아시카가 요시미쓰가 남북조를 통일해 내란을 종결시켰습니다.

　이렇듯 새로이 정부가 들어선 조선과 일본 사이에 교린交隣(대등한 외교 관계) 관계가 수립된 것은 1404년(태종 4년)의 일

조선 통신사 행렬 국사편찬위원회

이었습니다. 조선으로서는 골치 아픈 왜구 단속을 약속 받을 필요가 있었고, 일본으로서는 조선 및 명과의 국교 수립을 통해 새로 생긴 정부의 정통성을 확보할 필요가 있었습니다.

처음에 일본으로 파견한 사절단을 부르는 이름은 보빙사, 회례사 등이었습니다. 그러던 것이 1428년(세종 10년)부터 통신사通信使란 이름으로 바뀌었습니다. 통신通信은 '신의로써 통한다.'는 뜻입니다. 양국 간의 우의를 증진시키자는 좋은 뜻이 담겨있는 이름인 셈이지요.

임진왜란과 국교 재개

임진왜란 전까지 통신사는 모두 다섯 번 파견되었습니다. 그러나 일본에 내란이 일어나면서 양국 간의 사신 방문은 1467년 이후 중단이 됩니다. 통신사가 다시 파견된 것은 1590년의 일입니다. 1587년 도요토미 히데요시는 일본의 내란을 완전히 평정하고 절대 권력을 손에 쥐었습니다. 국내 상황이 정리되자 일본은 통신사 파견을 요청했고, 조선은 황윤길을 정사, 김성일을 부사로 임명해 일본에 보냈습니다. 그러나 이때의 통신사는 우의 증진과는 거리가 멀었습니다. 조선은 도요토미 히데요시를 축하하기 위해 사절단을 보냈다고 생각했지만(일본의 상황을 점검하려는 욕심도 있었지요.) 도요토미 히데요시는 조선이 자신에게 복속하는 의미로 사절단을 보냈다고 생각했습니다. 그러니 결과가 좋을 리 없었겠지요. 1592년 4월, 도요토미 히데요시가 15만에 이르는 군사를 동원해 전쟁을 일으킨 것이 그 증거입니다. 1598년 8월 도요토미 히데요시가 죽은 뒤 전쟁은 끝이 났지만 이미 양국 간의 관계는 악화될 대로 악화된 뒤였습니다.

양국 간의 관계가 새로운 전기에 접어든 것은 1603년 도쿠가와 이에야스가 막부를 에도로 옮기면서부터였습니다. 도쿠가와 이에야스는 대마도주를 통해 조선에 국교 재개를 제의해 왔습니다. 감정적으로 생각한다면 국교 재개는 생각할 수 없는 일이었

가미노세키항으로 들어가는 통신사 일본. 죠센지

겠지요. 그러나 당시 조선은 전쟁의 공식적인 종료를 통해 민심을 수습함과 동시에 일본에 끌려갔던 사람들을 데리고 와야 하는 과제를 안고 있었습니다. 1604년 조선은 일본의 의중을 정확히 파악하기 위해 사명대사 유정을 대표로 하는 사절단을 파견했습니다. 사명대사는 도쿠가와 이에야스를 만나 향후 조선을 침략할 마음이 없다는 약속을 받은 뒤, 전쟁 중 일본에 끌려갔던 조선 사람들 1,390명을 귀국시키는 성과를 거둡니다. 이후 일본이 국교 재개를 위해 조선이 내세운 제안들을 수용하자 조선은 1607년 정식으로 사절단을 보내 양국 간의 국교를 재개했습니다. 그런데 이때 보냈던 사절단의 명칭은 회답겸쇄환사(쇄환은 잡혀갔던 사람들을 데려온다는 뜻)였으며, 1636년 사절단부터 통신사란 이름이 다시 사용되었습니다. 국교를 재개한 후 조선은 총 12회의 사절단을 일본에 보냈습니다. 조선이 파견한 마지막 사절단이 일본을 방문한 것은 1811년이었습니다.

통신사에 포함된 사람들

삼사 : 정사, 부사, 종사관을 총칭해 삼사라고 불렀습니다. 정사는 통신사의 총책임자로 임금의 국서를 받들고 가는 역할을 맡았습니다. 부사는 정사를 보조하는 역할을 맡았으며, 종사관은 매일 일어난 일을 기록해 임금에게 보고하는 역할을 맡았습니다.

통역관 : 통역을 담당하는 관리들을 말합니다. 통역관은 당상역관, 상통사, 차상통사, 압물통사, 소통사, 훈도 등으로

정사
국사편찬위원회

구분됩니다. 당상역관은 역관 중 가장 지체 높은 관리들로 전체 통역관을 이끄는 역할을 담당했습니다. 압물통사는 예물을 관리하며 통역을 담당했고, 소통사는 문서 정리와 회계 업무를 맡아 했습니다.

제술관과 서기 : 제술관은 일본인과 글로 대화하는 임무를 맡았으며, 서기는 통신사의 활동을 기록했습니다. 일본에 가면 글을 주고받으며 교류해야 하는 경우가 많이 발생합니다. 조선은 일본보다 문화국이라는 것을 보이기 위해 이러한 교류를 중요하게 여겼습니다. 그래서 제술관과 서기를 뽑는 데 많은 신경을 썼습니다. 한편 제술관과 서기는 관직에서 활약할 기회를 얻기 힘든 서얼 출신들에게 많은 기회를 주는 자리이기도 했습니다.

서기
국사편찬위원회

의원, 영원, 마상재 : 이들은 일본이 요청해 파견한 사람들입니다. 의원은 사절단의 전속 주치의이며 영원은 화가를 말합니다. 영원은 사절단이 가는 곳의 정경 등을 그렸습니다. 마상재는 말 위에서 재주를 부리는 것을 말하는데, 특히 마상재는 일본에서 대단한 인기를 끌었습니다. 마상재가 열리는 날에는

마상재도 일본, 고려미술관

몰려드는 사람들로 빈틈을 찾기 어려웠다고 합니다.

기타 : 이 밖에도 배를 모는 항해 관련 인력들, 군관들, 음악
가들, 소동들이 있었습니다. 그러므로 통신사는 조선의 문화 예
술 인력들이 총집합한 대규모 문화 사절단이라 말할 수 있었습
니다.

계미 사행의 의의

계미 사행은 1763년(영조 39년), 새로운 쇼군의 취임을 축하하기 위해 보낸 477명의 사절단을 말합니다. 1763년이 계미년이라 그런 이름이 붙은 것입니다. 사절단은 1763년 8월 3일 한양을 출발해 쓰시마, 오사카, 나고야 등을 거쳐 에도까지 갔다가 1764년 7월 8일 다시 한양으로 돌아와 영조에게 방문 결과를 보고합니다.

계미 사행은 한마디로 말해 조선이 보낸 통신사 사행의 절정이라고 말할 수 있습니다. 계미 사행은 에도를 방문한 마지막 사절단입니다. 1811년의 사절단은 쓰시마까지밖에 가지 못했으니까요. 계미 사행은 양국의 문화 발전에 커다란 영향을 미쳤습니다. 양국의 문인들은 공식, 비공식적으로 많은 만남을 가졌고, 활발하게 시문을 교류했습니다. 그러한 교류를 통해 자극을 받은 사절단은 모두 8종의 기행문을 책으로 남겼습니다. 정사 조엄이 고구마를 가져온 것도 이때의 일이었습니다. 조엄은 민생 문제의 해결에 관심이 많은 사람이었습니다. 그는 고구마가 기근에 시달리는 백성들에게 큰 도움이 될 작물이라는 것을 간파했습니다. 그의 예상은 적중해 고구마는 감자와 더불어 백성들의 배고픔을 해결해 주는 대표적인 구황작물이 되었습니다.

그러나 빛이 있으면 어두움이 있듯 계미 사행은 유난히 사고

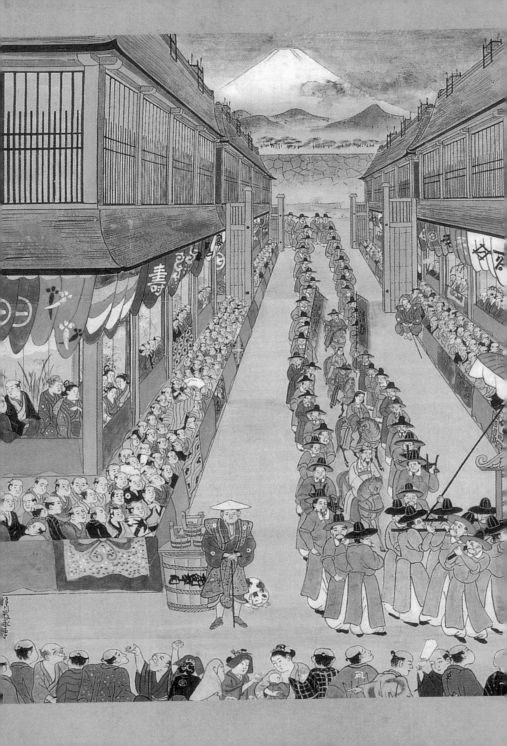

조선인래조도 일본. 고베시립박물관

가 많은 사행이기도 했습니다. 그중에서도 조선과 일본 양국을 경악케 한 사건은 바로 이 소설의 배경이 된 최천종 살인 사건입니다. 1764년 4월 7일 도훈도 최천종이 일본인의 칼에 찔려 사망했습니다. 영목전장이라는 일본인은 최천종이 자신을 도둑으로 의심해 구타하자 우발적인 분노를 참지 못하고 죽였다고 자백했지만 어딘가 궁색한 이유가 아닐 수 없었습니다. 서기 김인겸은 인삼 밀무역과 관련이 있으리라 짐작했지만 구체적인 물증을 제시하지는 못했습니다. 결국 이 사건은 범인인 영목전장이 처형되는 것으로 마무리됩니다. 사건의 진실은 영구히 묻혀버린 셈이지요.

계미 사행에 참여했던 주요 인물들

한편 계미 사행은 참가한 인물들의 면면으로도 화제가 되기에 충분했습니다. 주요 인물들의 면면을 살펴보겠습니다.

조엄(1719~1777)
사행의 총책임자
경상도관찰사로 재직하던 시절부터 민생 문제

해결에 관심이 많은 인물이었습니다. 쓰시마에서 고구마 씨앗을 가져다 조선에 심었던 것도 그의 실용 정신을 보여 주는 일화입니다. 그러나 조엄의 말로는 비참했습니다. 정조가 즉위하자 홍국영의 무고를 받아 파직되어 유배를 당한 끝에 유배지인 김해에서 병으로 죽었습니다.

성대중(1732~1809)
정사의 서기

서얼이었지만 정조의 신임을 받아 관직에 나갈 수 있었습니다. 그가 가까이 했던 벗들로는 박지원, 이덕무, 박제가 등을 들 수 있습니다. 소위 북학파라 불리는 인물들이지요. 그러나 성대중은 그들과는 조금 다른 길을 갔습니다. 새로운 글쓰기보다는 전통적인 글쓰기를 중시했던 그는 벼슬이 북청 부사에 이르는 등 서얼로는 보기 드물게 성공적인 인생을 살았습니다.

이언진(1740~1766)
한학 압물통사

비록 중인 신분이었지만 시문에 재능을 보여

스승인 혜완 이용휴로부터 보기 드문 천재라는 찬사를 받았습니다. 관습적인 글쓰기를 싫어했던 그의 글에는 참신한 이미지가 잔뜩 담겨 있었습니다. 그러나 미인박명이라는 말도 있듯이 그는 27세 때 병으로 죽고 말았습니다. 그가 죽은 후 박지원은 『우상전』이라는 소설을 써서 그를 추모했습니다.

통신사가 보았던 일본

그렇다면 계미년에 떠났던 통신사가 보았던 일본은 어떠했을까요. 우선은 일본은 미개하고 글을 모르는 나라라는 인식이 강했습니다. 그랬기 때문에 일본의 풍습을 괴이하게 여기는 글들을 많이 남겼습니다. 이를테면 다음과 같은 글입니다.

"나라 안에는 남자와 여자가 다 많지만 여자가 남자보다 조금 더 많다. 결혼할 때는 성씨가 같은 것을 피하지 않고 사촌 남매와도 결혼한다. 형이나 동생의 아내가 과부가 되면 또한 함께 거느리니 그 행실이 음란하고 더럽기가 금수와 같다. 집집마다 반드시 욕실을 두고 남녀가 함께 벌거벗고 목욕한다."

— 성대중의 『청천해유록초』에서

일본의 풍습을 보고 천하게 여기는 태도가 그대로 느껴지는 글입니다. 또한 조선 사람들에게 글을 달라고 매달리는 모습도 약간은 조롱의 대상이었습니다.

"시를 구하는 사람들이 어제보다 더욱 많이 몰려들었다. 그러나 방이 비좁아서 더 들일 수 없으므로 두 벗을 데리고 서동을 시켜서 문방구를 들고 따라오게 한 뒤 대청에 앉았다. 먹을 펼쳐 놓자 어지럽게 뒤엉켜 나오는 것이 마치 벌 떼나 개미 떼가 모이는 것 같았고 번갈아 시종이를 서로 던지는 것이 과거 시험장에서 답안지를 던지는 것 같았다."

– 남옥의 『일관기』에서

하지만 자세히 보면 볼수록 일본은 미개한 나라가 아니었습니다. 오히려 과학 기술이 발달해 있고 도시가 번성한 측면이 돋보였습니다.

"성 밖에 수차 두 대가 있었는데, 모양은 물레와 같았다. 물결을 따라 스스로 돌면서 물을 떠서 통에 부은 뒤 성안으로 보냈다. 보기에 매우 기이

**일본인에게
시를 써 주는 소동**
일본, 개인

하므로 허규와 변박을 시켜 그 구조와 모양을 살펴보도록 했다. 만일 제작 방법을 알아다가 우리나라에 옮겨 사용한다면 논에 물을 대기 쉬울 것이다."

― 조엄의 『해사일기』에서

"호곡의 시에 '중원의 소식은 장기에서 듣고 온 나라의 변화함은 대판성이 으뜸이네.'라는 구절이 있다. 도시의 누대와 보물이 풍부할 뿐 아니라 강호의 다리와 제방과 배 같은 구경거리가 있어 가히 중국의 항주, 소주와 더불어 맞수가 될 만하니, 어디가 더 나은지는 모르겠다."

― 남옥의 『일관기』에서

소설에서도 언급했지만 일본은 일찍이 장기, 즉 나가사키 앞 바다에 인공섬 데지마出島를 만들어 네덜란드 사람들이 머물도록 했습니다. 이곳을 통해 서양의 과학 문명과 발달된 문물들이 들어왔던 것이지요. 이를 바탕으로 일본은 물질적 성장을 이루었고, 그런 결과가 통신사의 눈에도 비친 것입니다. 하지만 아쉬운 것은 이러한 부분을 정말로 중요하게 여기지 않았다는 것입니다. 결국 그러한 왜곡되고 옹졸한 시각이 이후 한일 간의 행보에 있어서 결정적인 차이를 만들게 됩니다.

마지막 통신사

1811년 조선의 마지막 통신사가 일본에 도착했습니다. 그러나 이때의 통신사는 과거와는 많이 달랐습니다. 통신사의 규모도 336명으로 전성기에 비하면 많이 줄었고, 통신사의 목적지도 에도가 아닌 쓰시마였습니다. 이것은 일본의 사정과 관계가 있습니다.

18세기 후반이 되자 일본에서는 자국 문화를 높이 평가하는 운동이 일어났습니다. 그 결과 일본이 주변 국가보다 우월하다는 생각이 머리를 들기 시작했습니다. 조선의 문화를 숭상하거나, 통신사 일행을 극진하게 대접할 이유가 없다는 의견들도 나왔습니다. 1811년 통신사가 도착하자 일본은 이전과는 달리 뻣뻣하게 대했지요. 이러한 상황이었으니 통신사를 통한 교류가 끝난 것은 너무도 당연한 일이었을 것입니다. 이후 국력이 강해진 일본은 조선을 정복할 대상으로 여기며 괴롭히다가 끝내는 1910년 조선을 집어삼키고 말지요. 신의로써 통한다는 통신사의 뜻이 무색해지는 순간이었습니다.

참고 문헌

박지원, 『우상전』, 『열하일기』
조엄, 『해사일기』

강재언, 『조선통신사의 일본견문록』, 한길사, 2005
나카오 히로시, 『조선통신사 이야기』, 한울, 2005
남옥, 『붓끝으로 부사산 바람을 가르다』, 소명출판, 2006
다시로 가즈이, 『왜관』, 논형, 2005
다카하시 치하야, 『에도의 여행자들』, 효형출판, 2004
성대중, 『부사산 비파호를 날 듯이 건너』, 소명출판, 2006
신유한, 『해유록, 조선 선비 일본을 만나다』, 보리, 2006
오쿠보 히로코, 『에도의 패스트푸드』, 청어람, 2004

비와코 호숫가를 지나는 통신사 행렬 일본, 비와코미술관

이우성 외, 『이조한문단편집』, 일조각, 1990
한일공통역사교재 제작팀, 『조선통신사』, 한길사, 2005

강동엽, 「우상전에 투영된 이언진과 그의 세계 인식」, 『건국어문학』19 · 20, 건국
　　대학교국어국문학연구회, 1995
양흥숙, 「17-18세기 역관의 대일무역」, 『지역과 역사』5, 부산경남역사연구소,
　　1999
엄현태, 「일동장유가 연구」, 아주대학교 석사논문, 2001
이성후, 「일동장유가와 해사일기의 비교 연구」, 『논문집』17, 금오공과대학, 1996
이원균, 「조선후기의 부산왜관에 대하여」, 『논문집』48, 부산수산대학교, 1992
정민, 「동사여담에 실린 이언진의 필담 자료와 그 의미」, 『한국한문학연구』32, 한
　　국한문학회, 2003
정후수, 「역관 이언진의 시문학고」, 『대학원연구논집』16, 동국대학교, 1986

나를 찾아가는
징검다리 소설

소년, 아란타로 가다

© 설흔, 2008

초판 1쇄 | 2008년 6월 1일
개정판 1쇄 | 2013년 8월 20일

지은이 | 설흔

펴낸이 | 황호동
디자인 | 이정연
펴낸곳 | (주)생각과느낌
주소 | 서울시 마포구 창전동 2-43 2층
전화 | 02-335-7345~6
팩스 | 02-335-7348
전자우편 | tfbooks@naver.com
등록 | 1998.11.06 제22-1447호

ISBN 978-89-92263-26-9 (43810)